记
/M/A/R/K/
号

真知　卓思　洞见

张云 著 喵九 绘

讲了很久很久的中国妖怪故事 2

北京科学技术出版社

图书在版编目（CIP）数据

讲了很久很久的中国妖怪故事 . 2 / 张云著 ; 喵九绘 . -- 北京 : 北京科学技术出版社 , 2023.9（2025.9 重印）
ISBN 978-7-5714-2669-9

Ⅰ . ①讲… Ⅱ . ①张… ②喵… Ⅲ . ①民间故事—作品集—中国—当代 Ⅳ . ① I277.3

中国版本图书馆 CIP 数据核字（2022）第 229621 号

选题策划： 记　号
策划编辑： 马春华
责任编辑： 武环静
责任校对： 贾　荣
封面设计： 何　睦
图文制作： 刘永坤
责任印制： 吕　越
出 版 人： 曾庆宇
出版发行： 北京科学技术出版社
社　　址： 北京西直门南大街 16 号
邮政编码： 100035
电　　话： 0086-10-66135495（总编室） 0086-10-66113227（发行部）
网　　址： www.bkydw.cn
印　　刷： 北京华联印刷有限公司
开　　本： 710 mm × 1000 mm 1/16
字　　数： 163 千字
印　　张： 17
版　　次： 2023 年 9 月第 1 版
印　　次： 2025 年 9 月第 4 次印刷
ISBN 978-7-5714-2669-9

定　　价： 108.00 元

前言

妖怪和妖怪文化在中国源远流长，是中华优秀传统文化的重要组成部分。全世界很难找到一个国家像中国这样，将关于妖怪的记载、想象形成一种深厚的文化现象，其延续时间之长、延伸范围之广、文学作品之多，举世罕见。

妖怪和妖怪文化是中华文明中的璀璨奇葩，值得我们一代代传承下去。

那么，什么是妖怪呢？

我们的老祖宗将妖怪定义为“反物为妖”“非常则怪”。简单地说，生活中一些怪异、反常的事物和现象由于超越了当时人们的理解，无法解释清楚，就被人们称为妖怪。

所以，所谓的妖怪指的是：根植于现实生活中，超出人们正常认知的奇异、怪诞的事物。

妖怪，包含妖、精、鬼、怪四大类。

妖：人之假造为妖，此类的共同特点是人所化成或者是动物以人形呈现的，比如狐妖、落头民等。

精：物之性灵为精，山石、植物、动物（不以人的形象出现的）、器物等所化，如山蜘蛛、罔象等。

鬼：魂魄不散为鬼，以幽灵、魂魄、亡象出现，比如画皮、银伥等。

怪：物之异常为怪，对人来说不熟悉、不了解的事物，平常生活中几乎没见过的事物；或者见过同类的事物，但跟同类的事物有很大差别的，如天狗、巴蛇等。

中国的妖怪、妖怪文化历史悠久。有足够的考古证据表明：早在石器时代，我们的老祖宗就开始对妖怪有了认知并进行了创造。可以说，中国的妖怪历史和中国人的历史是彼此相伴的，“万年妖怪”之说一点儿都不为过。

从先秦时代，中国人就开始将妖怪和妖怪故事记录在各种典籍里，此后历代产生了《山海经》《白泽图》《搜神记》《夷坚志》《聊斋志异》《子不语》等无数的经典作品，使得很多妖怪家喻户晓。

中国的妖怪和妖怪文化不仅深深影响了中国人，也传播到周边国家，深受异国友人的喜爱。比如，日本著名的妖怪研究学者水木茂称：“如果要考证日本妖怪的起源，我相信至少有 70% 的原型来自中国。除此之外的 20% 来自印度，剩下 10% 才是本土的妖怪。”由此可见，中国的妖怪和妖怪文化对日本的巨大影响。

由于种种原因，中国的妖怪和妖怪文化还没有得到足够的关注，很多人甚至将我们老祖宗创造的中国妖怪误认为是日本妖怪，这是十分令人惋惜的。

笔者用十年时间，写成《中国妖怪故事（全集）》一书，在深入研究中国传统古籍尤其是志怪的分类和定义的基础上，厘清妖怪的内涵，从浩瀚的历代典籍中搜集、整理各种妖怪故事，重新加工，翻译成白话文，其间参考各种民间传说、地方志等，确保故事来源的可靠性与描写的生动性。该书记录 1080 种中国妖怪，是目前为止国内收录妖怪最多、最全，篇幅最长、条例最清楚的妖怪研究专著。

《中国妖怪故事（全集）》出版以来，反响强烈，深受读者喜爱，这让笔者感到既欣喜又惶恐。

将中国妖怪、妖怪文化发扬光大需要所有人的努力。中国的妖怪故事中，不仅妖怪的形象充满想象力、故事情节生动，而且蕴含着许多为人处世的道理，值得珍惜和深入挖掘。

长久以来，中国的妖怪故事虽然丰富，但其中妖怪的图像留存较少，甚为可惜。有鉴于此，我们精心选取100个妖怪故事，将其分为动物、植物、器物和怪物四类，加以润色加工，并严格按照典籍记载，为妖怪画像，推出《讲了很久很久的中国妖怪故事》，以期能为大众以及中国妖怪的爱好者们打开一扇亲近中国妖怪故事的缤纷之窗，为中国妖怪和妖怪文化的普及和发展贡献出绵薄之力。

《讲了很久很久的中国妖怪故事》推出以来，广受读者好评。在此基础上，我们将陆续推出系列作品，带着这份热忱和期待，继续讲好中国妖怪故事。

中国妖怪文化博大精深，源远流长。我们的老祖宗创造了它们，它们的故乡在中国。中国妖怪的故事我们祖祖辈辈都在讲述，世世代代都在流传。

那么，请打开这本书，让我们一起开启精彩的认识妖怪之旅吧。

张　云

2022年9月1日于北京搜神馆

目录

统领篇

动物篇

植物篇

器物篇

怪物篇

统领篇

白泽、方相氏在中国妖怪中的地位极为特殊。白泽因遇黄帝而道出世间一万多种妖怪之名，世人方知之；方相氏为百妖之统领。两个妖怪，是所有妖怪的头领。

名

白泽

第〇〇一号

传说黄帝巡行天下，在海滨遇到了一只异兽，名为白泽。它不仅能说话，而且向黄帝详细介绍了天下鬼神之事，还将自古以来精气为物、游魂为变的一万一千五百二十种妖怪的详细情况告诉了黄帝。其中，不仅包括妖怪的名字，还有关于妖怪具体形象的描述，以及如何避免受到妖怪伤害的方法。黄帝命人将这些妖怪画成图册，以示天下，并且亲自写文章祭祀它们。

黄帝令人绘制的图册便是《白泽图》(又称《白泽精怪图》)。

那么，白泽到底长什么样呢？关于白泽的形象，向来说法不一。《三才图会》中，白泽是狮子身姿，头有两角，长着山羊胡子。在日本的图绘中，白泽的形象和《三才图会》中的大致相像，唯胁下生有三只眼睛。无论形象如何，它都是妖怪世界中极为神秘的存在。

因为白泽不仅知道天下所有妖怪的名字和形象，而且知道驱除它们的方法。所以，很早的时候，它就被当成驱妖的祥瑞来供奉。人们将画有白泽的图画挂在墙上或者贴在大门上以寄托美好愿望，还有做“白泽枕”的习俗。军队中，“白泽旗”是常见的旗帜。到了中古时期，人们对白泽更加尊崇，《白泽图》极为流行，人们一旦觉得自己遇到了妖怪，就会按照上面记载的方法加以驱除。

因为白泽，世人才得知天下妖怪的名字，所以白泽在妖怪中的地位极为特殊。

名

方相氏

第〇〇二号

嫫母是黄帝的一位妃子，容貌丑陋，唐代《琱玉集·丑人篇》中对她的相貌有这样的描述："锤额颇颏，形粗色黑。"传说嫫母的额头如同纺锤，塌鼻紧蹙，体肥如箱，貌黑似漆，乃是"黄帝时极丑女也"。

嫫母虽相貌丑陋，但品德高尚。黄帝对她很是信任，将管理后宫的担子交给了她。

后来，黄帝巡行天下时，元妃嫘祖病逝。黄帝便命令嫫母负责祀事，监护灵柩，并且授以方相氏的官位，利用她的相貌来驱邪。所谓的方相氏，便是畏怕之貌的意思。

上古以降，方相氏均为官方设立，是宫廷傩祭中最重要的角色。《周礼·夏官司马第四·方相氏》载："方相氏掌蒙熊皮，黄金四目，玄衣朱裳，执戈扬盾，帅百隶而时难，以索室驱疫。"

自上古到汉、唐，大傩延绵不绝。汉朝"傩者……季春行于国中、仲秋行于宫禁，惟季冬谓之大傩则通上下行之也"（见《大学衍义补》）。唐时大傩场面更加宏大。《乐府杂录》载："用方相四人，戴冠及面具，黄金为四目，衣熊裘，执戈扬盾，口作傩傩之声，以逐疫也。右十二人，皆朱发，衣白画衣，各执麻鞭，辫麻为之，长数尺，振之声甚厉。"

古人认为，季春的时候，世间凶气催发，与民为厉，方相氏则为家家户户驱逐邪物。作乱人间的各种鬼怪见到方相氏凶威的面目，便会心生恐怖而逃走。戴着黄金面具，上生四目，披着熊皮，双手各执戈、盾，领着象征世间精怪的"百鬼"前行的方相氏，从上古的祭司逐渐演变成百姓心目中的“大妖怪”。

唐时，宫廷大傩传入日本。方相氏前行、百鬼跟随的场景，则被日本人演化成了“百鬼夜行”。

动物篇

名

阿紫

出处

晋代干宝《搜神记》卷十八《山魅阿紫》
唐代段成式《酉阳杂俎·前集》卷十五《诺皋记下》等

第〇〇三号

古人认为，有种叫紫狐的狐妖，也称为阿紫，夜间甩尾巴时能够冒出火星。紫狐在将要成为妖怪时，会头戴死人头骨对着北斗七星叩头。如果死人头骨不掉下来，它就能变成人。

在狐妖中，阿紫法力强大，而且擅长幻化之术，经常迷惑或者戏弄凡人。

东汉建安年间，沛国郡人陈羡任西海都尉，他的手下有一个叫王灵孝的人，突然无缘无故就逃跑了，好不容易才把他抓回来。服役期间无故逃脱是重罪，陈羡正考虑要杀了他，结果这家伙又逃跑了。陈羡很生气，把王灵孝的妻子抓过来，关进牢房里，严刑拷问。王灵孝的妻子禁受不住酷刑，告诉陈羡，王灵孝被妖怪带走了。

陈羡觉得事情不寻常，于是率领几十名骑兵，领着猎狗，在城外四处寻找。最后他们在一座空空的坟墓里发现了王灵孝。当时，王灵孝神情有些不对劲，恍恍惚惚的。在听到人和狗的声音时，他变得惊慌失措，四处躲避，模样很奇怪。

陈羡没有办法，只得让人把王灵孝扶回来，结果发现王灵孝的样子变得很像狐狸。对于周围原本熟悉的环境，王灵孝也很不适应，而且总是哭着喊着找阿紫。十几天之后，他才渐渐清醒了些，回忆着说，有一天他在屋拐角的鸡窝旁看到了一个美丽的女子，自称阿紫，向他招手。如此不止一回两回，他逐渐被迷惑了，跟着阿紫离开，并且成为阿紫的丈夫。和阿紫在一起，他觉得快乐无比。

唐代，有个叫刘元鼎的人做了蔡州（今湖北枣阳西南）刺史。当时蔡州刚刚收复，因为战乱频繁，人烟稀少，狐狸就特别多，经常出来为非作歹。作为地方长官，刘元鼎觉得这类事情影响很不好，就派遣手下负责捕捉狐狸。手下们天天在球场一带放出猎犬，追逐狐狸，一年杀了有一百多只。

有一次，刘元鼎碰到了一只全身长满疥疮的狐狸，急忙命人放出五六只猎犬。奇怪的是，这些平时遇到狐狸兴奋异常、撕咬不止的猎犬，面对那只狐狸，似乎极为忌惮，不敢上前，而狐狸也是淡定自若地不躲不跑。

刘元鼎觉得特别奇怪，认为一般的猎犬对付不了它，就命令人去找大将军，将大将军的那只大猎犬带来。那只大猎犬不仅体形高大，而且远比一般的猎犬要凶猛。过了不久，手下带来了那只大猎犬，将它放了出来。结果那只狐狸连正眼都不看它，在众目睽睽之下，穿廊走巷，到了城墙边，消失不见了。

刘元鼎找到有道行的人询问，得知自己碰到了传说中的阿紫，从此便不再下令捕捉狐狸。

根据道教的说法，像阿紫这样修行了得的狐妖，能够自己操纵符箓，祈神免灾，而且能够洞察、通晓阴阳变化，本领高强。

名

蚕女

出处

晋代干宝《搜神记》卷十四《马皮蚕女》

宋代李昉等《太平广记》卷第四百七十九《蚕女》（引《原化传拾遗》）

第〇〇四号

蚕女，又叫马头娘，关于她的传说最初流行于四川广汉一带。

据说，在上古高辛帝时代，四川那个地方还没设立官长，没有统一的领导。那里一整个家族居住在一起，不同家族间经常发生冲突。

蚕女，不知道姓什么，她的父亲被邻国抢走已经一年了，只有父亲常骑的马还在家中。蚕女想到父亲远在异乡，很是难过，常常连饭也吃不下。她的母亲为了安慰她，就向众人立誓说：“有能把孩子父亲找回来的，我就把这个女儿嫁给他。”不过人们只是听听，没有人真的去找。

只有那匹马在听到蚕女母亲的话后，惊喜跳跃，躁动不停，挣断缰绳跑出去了。过了几天，那匹马将蚕女的父亲驮了回来。从这天开始，马就不断地嘶叫，不肯吃草喝水。

蚕女的父亲问起这事的原因，蚕女的母亲就把向众人立誓的事告诉了他。蚕女的父亲说：“你是向人立誓，不是向马立誓，哪有把人嫁给马的呢？这匹马能使我脱离灾难，功劳也算是很大的，不过你立的誓言是不能在马身上兑现的。”那匹马听后，用蹄刨地刨得更厉害了。对此，蚕女的父亲很生气，用箭射死了马，并把马皮放在院子里晾晒。

一天，蚕女经过马皮旁边时，马皮骤然立起来，卷起蚕女飞走了。过了十天，马皮又停在桑树上面，蚕女已变成了蚕，吃桑叶，吐丝做茧，让人们拿来做衣被。

蚕女的父母非常悔恨，苦苦思念女儿。

忽然有一天，父母看见蚕女驾着云彩，乘着那匹马，带着几十名侍从从天而下。蚕女对父母说：“玉皇大帝因为我孝顺能达到献身的地步，并且心中不忘大义，所以授予了我九宫仙嫔的职位。从此我将永远在天上生活，请父母不要再想念我了。”说完升空而去。

蚕女的家在今什邡、绵竹、德阳三地交界处。每年人们从四面八方聚集到这里祈祷蚕茧能够丰收。道观佛寺中也都塑有女子的神像，身披马皮，人们称之为马头娘。

名

白鹭女

出处

晋代陶潜《续搜神记》卷[illegible]

南北朝刘义庆《幽明录》卷三

动物篇

第〇〇五号

晋代建武年间，剡县（今浙江嵊州）有个叫冯法的人外出做买卖。一天晚上，他把船停靠在荻塘里，正准备睡觉，突然看见一个穿着丧服的女子，她皮肤白皙，身形矮小，请求搭船。

天色已晚，见对方是个孤单女子，冯法就答应了她。第二天早晨，冯法起得很早，正要划船出发，那女子说："等一下，我上岸去取出门用的东西。"她离船后，冯法发现自己丢了一匹绢，正纳闷时，那女子抱着两捆草回来放在了船里。

一路上，那女子下船十次，冯法则丢了十匹绢。思来想去，冯法怀疑她不是人，应该是她在作怪。于是冯法趁着女子不注意，冲上前，用绳子捆住了她的两只脚。那女子苦苦哀求，并说："你的绢在前面的草丛中。"说完，身形便变成了一只大白鹭。冯法取回了绢，杀了大白鹭，煮着吃了，味道并不太好。

钱塘（今浙江杭州）有个书生姓杜，有一天坐船外出，当时天下大雪并已到黄昏，人迹寥寥。书生寂寞无比，正无聊时，看见有个穿着白衣服的女子走来，样貌俊美，明眸善睐。书生很喜欢她，说："你为什么不进到船舱里来？"女子点了点头，轻移莲步上了船。二人有说有笑，相处得很融洽，情投意合，书生便将女子带走了。不久后的一天，那女子变成一只白鹭飞走了。书生觉得不可思议，懊恼无比，不久就病死了。

名

壁虱

出处

清代乐钧《耳食录二编》卷二《壁虱》

第〇〇六号

清代，有个女子梦到一个穿着黑色盔甲的人作祟。家里人很担心，问那个黑甲人从哪里来，女子说从楼上来。女子所说的楼上指的是家里的阁楼，已经很久没人上去了。

第二天，大家去阁楼仔细搜索，发现柜子里有个东西，长得几乎和柜子一般大，走近一看原来是只大壁虱。众人吓了一跳，赶紧放火烧死了它，从此便没有作祟的事情发生了。

也是在清代，有个人常居住在书斋里，身形日渐枯瘦。家人怀疑有蹊跷的事情在他身上发生。夜里，等他睡着了，家人便取来蜡烛照看，只见一只大如碗口的壁虱趴在他的胸口上啃咬，小的壁虱数以万计，围聚在他的周围。一见到灯火，这些壁虱便四散开去，钻进了地基旁边的洞穴里。

家人见状，挖开洞穴，用开水将这些壁虱全部烫死，这个人很快就恢复了健康。

名

蜂翁

出处

五代徐铉《稽神录》卷四《蜂余》

第〇〇七号

五代时期，庐陵（今江西吉安）有个书生去应试，有一天因为一心赶路，错过了旅店。此时天色已晚，周围又是荒山野岭，没有人烟。书生害怕遇到野兽、歹人害了自己性命，十分惊慌，气喘吁吁赶了一段路，发现前面灯光闪烁，有一户人家。书生大喜，快走几步来到跟前。恰好有个老者从屋子里出来，书生说明来意，请求在老者家里借住一晚。

老者看了看书生，刚开始想拒绝，但见书生很可怜，就叹气说："不是我不愿意，而是家里房间太小，只能放下一张床。"书生说："没关系，只要有个能睡觉的地方就行了。"老者只好带着书生进了屋。进屋之后，书生发现老者家里有一百多间房间，不过就像老者所说，每间房间都很小，只能放下一张床。书生虽然很纳闷，但想到今晚不必露宿野外，也就别无所求了。

过了一会儿，书生饿了，恳求老者帮忙弄点食物。老者说："我家很穷，只有一些野菜。"说完，便出去准备了，不一会儿，给书生端上来一些吃的。书生吃了，觉得味道很鲜美，和一般的饭菜不太一样。

吃饱喝足之后，书生累得不行，躺在床上很快就睡着了，不过耳边一直有嗡嗡嗡的声音响个不停，也不知道是何缘故。

第二天醒来，书生发现自己睡在田野里，身边有个大蜂巢，想一想昨晚的情景，这才恍然大悟。

书生原来有头风的毛病，但自那以后就痊愈了，想必是因为吃了蜂翁给的东西吧。

名

姑获鸟

出处

《周礼·秋官司寇第五》

晋代郭璞《玄中记》

南北朝宗懔《荆楚岁时记》

唐代段成式《酉阳杂俎·前集》卷十六《广动植之一》（引《白泽图》）

唐代刘恂《岭表录异》卷中

宋代周密《齐东野语》卷十九

明代李时珍《本草纲目·禽部》

第〇〇八号

姑获鸟是中国古代非常著名的妖怪之一，又叫夜行游女、天地女、钓星、鬼车鸟、九头鸟、苍鸕、逆鸧。

传说姑获鸟能收人魂魄，昼伏夜飞，化身为鸟的时候，身大如簸箕，九个脑袋，十八只翅膀。原本姑获鸟有十个脑袋，其中一个被天狗吃掉了，所以它飞过的地方经常会滴下鲜血，而沾染上姑获鸟血的人家就会发生灾祸。

七八月时，尤其是阴晦的天气，姑获鸟会呜咽着飞出，它脱掉羽毛落下来，就会变成女人。也有的传说称，姑获鸟是产妇死后所化，所以喜欢偷取百姓家的孩子作为自己的孩子。凡是有幼儿的人家，晚上院子里不能晾小孩的衣物，否则姑获鸟会用滴下来的鲜血先做好记号，然后化身成女子前来行窃。

传说姑获鸟只有雌鸟，没有雄鸟。它还有一个习惯，就是吃人的指甲，被吃了指甲的人同样会得病或发生灾祸。

名

猴妖

出处

宋代李昉等《太平广记》卷第四百四十四《欧阳纥》（引《续江氏传》）

宋代周去非《岭外代答》卷十《桂林猴妖》

第〇〇九号

南北朝时期南朝梁大同年间，朝廷派遣平南将军蔺钦南征，攻打到桂林时获得大胜。蔺钦手底下有个别将叫欧阳纥，率领军队攻打到长乐，战功赫赫。

欧阳纥的妻子长得皮肤白皙，十分美丽。部下对欧阳纥说：“将军怎么把如此丽人带到这里？这里有怪物，经常偷窃女子，尤其是美丽的女子，没有幸免的，你一定要小心。”欧阳纥既怀疑又害怕，便把妻子藏在密室里，又派兵日夜守护。

一天黄昏，阴雨连绵，天昏地暗。到了五更，守卫觉得有东西钻进了房间，赶紧去看，发现欧阳纥的妻子消失了。奇怪的是，房门和窗户一直都是关着的。

欧阳纥听闻这个噩耗，十分悲愤，带领部下四处寻找。过了一个多月，有人在百里之外的山林中发现了欧阳纥妻子的一只鞋。欧阳纥赶紧派了三十个强壮的士兵，带着兵器，背着粮食，在群山中打探。又过了几个月，他们来到二百里外的一座山前，这里景色优美，流水飞溅。欧阳纥带着士兵们攀岩而上，发现了一个石门，里面有十几个女子，穿着鲜艳的衣服，嬉笑玩耍。她们看到欧阳纥，问道：“你从哪里来？”欧阳纥把妻子丢失的事情说了一遍，女子们叹息道：“你的妻子来这里已经有几个月了，现在卧病在床。”

欧阳纥走进去，看见里面厅堂宽阔，妻子躺在一张石床上，面前摆设着美味佳肴。妻子也看见了欧阳纥，忙对他挥手，让他赶紧离开。其他的女子对欧阳纥说：“这里是妖怪的居所，它力气大，能杀人，即便百余个士兵也不是它的对手。我们和你的妻子都是被它掠来的。你暂且躲避一下，只需要给我们弄两斛美酒、十几只狗的狗肉、十斤麻，我们就能想办法和你一起杀了它。十日之后的正午，你再带人来。”欧阳纥问她们怎么杀死那妖怪，一个女子说：“它喜欢喝酒吃肉，我们用美酒和狗肉招待它，等它醉了，我们就用麻搓的绳子绑住它，你带人来，就可以杀了它。记住，它全身坚硬如铁，只有肚脐下几寸的地方是它的弱点。”

欧阳纥赶紧回去准备东西，然后按期赴约。女子们将欧阳纥藏起来，正午时分，那妖怪果然来了。

只见这妖怪是一成年男子模样，高六尺多，满脸胡子，穿着白衣，拿着手杖，搂着女子们，吃着狗肉，喝着美酒，十分惬意。女子们争相灌它酒，然后扶着它走进了里面的石室。过了一会儿，欧阳纥的妻子走出来，让他赶紧进去。

欧阳纥拿着兵器进去，看见一只大白猿被绑在床脚。欧阳纥乱刀砍下，但那妖怪全身坚硬，刀枪不入。欧阳纥想起之前女子们跟自己说的话，一刀刺进了它肚脐下几寸的地方，顿时血流如注。妖怪长叹一声，对欧阳纥说：“这是天要杀我，不是你。你的妻子已经有了身孕，还希望你不要杀孩子，孩子将来长大，会碰到圣明的皇帝，飞黄腾达。”说完，妖怪就死了。

欧阳纥从山洞里搜罗出无数的宝贝，还救了三十多个女子，胜利而归。

过了一段时间，欧阳纥的妻子生下一个男孩，模样和大白猿变成的那个男人很像。后来欧阳纥被陈武帝所杀。杨素和欧阳纥关系很好，欧阳纥死后，他收养了这个孩子。杨素日后成了隋朝的重臣，那孩子也跟着飞黄腾达，名噪一时。

名

鹄女

出处

南北朝刘义庆《幽明录》卷三
南北朝任昉《述异记》卷上

第〇一〇号

古代称天鹅为鹄。传说天鹅出生一百年后，毛色会变为红色，五百年后变成黄色，再过五百年变成灰白色，再过五百年变成白色，天鹅的寿命可以达到三千年。

晋安帝元兴年间，有一个人品行很端正，但因为家境贫寒，二十多岁还没结婚。家人和朋友都为他着急，可他却不以为意。

一天，他去田里劳作，看见一个很美丽的女子。女子对他说："听说你是柳下惠那样的人，但是你不懂两情相悦的快乐，真是可惜呀。"说着女子便唱起歌来。听了这话，他稍微有点儿动心。

后来，他又遇到了这个女子，就问女子的姓名。女子说："我姓苏名琼，家就在路边。"那女子不仅长得美丽，而且善解人意，他很喜欢，就把女子带回家，娶为妻子。两个人郎情妾意，相处得很融洽，十分令人羡慕。

后来，这人的堂弟听说了这件事，觉得那女子不对劲，就来到这人家里，趁女子不注意，挥舞着木杖打了过去。没想到，那女子变成一只白色的雌天鹅，飞走了。

名

金华猫

出处

清代褚人获《坚瓠集·秘集》卷之一《金华猫精》

动物篇

第〇一一号

浙江金华这地方，有的猫养了三年后，每到中宵，就蹲踞在屋顶上，张嘴对着月亮，吸取月亮的精华，久而久之就变成了妖怪。它们总出来魅惑人，遇到女子就变美男，遇到男子就变美女。

每次到人家中，金华猫都会先在水中撒尿，人喝了这种水，就看不到它了，时间长了人就会生病。怀疑家里有金华猫的，可以在夜里用青色的衣服盖在病人身上，第二天查看，若是有毛，就证明猫妖来过。

要想制服猫妖，可以暗地里约猎人来，牵上几只狗，到家里来捕捉，烤它的肉喂给病人吃，病人就会痊愈。如果男子病了捕到的是雄猫，女子病了捕到的是雌猫，病就治不好了。

据说，有一个清苦的儒学先生，姓张，有个女儿年满十八岁，被猫妖侵犯，头发都掉光了，后来抓住了作祟的雄猫，病才好了。

名

狸妖

出处

晋代干宝《搜神记》卷十八《吴兴老狸》
南北朝刘敬叔《异苑》卷八
唐代释道世《法苑珠林》卷三十一
唐代张读《宣室志》
清代袁枚《子不语》等

狸，也称狸子、狸猫、山猫。在中国的妖怪中，狸妖因擅长变化而闻名。

晋朝时，在吴兴（今浙江湖州）这个地方有一对兄弟，他们在田间劳作的时候，父亲经常出现，还打骂他们。两个人忍受不住，便把这件事情告诉了母亲。母亲询问父亲，父亲大为吃惊，知道是妖怪所为，就告诉儿子们，如果下次再看到对方伪装自己，就杀了它。

第二天，这对兄弟在田间继续劳作，那妖怪却并没有出现。父亲在家中坐立不安，担心儿子们被妖怪耍弄，就前往田里查看。不料想，兄弟俩以为来的是妖怪，就杀掉了父亲，埋了起来。至于那妖怪，早已变成了父亲的容貌，悄悄地来到家里。

兄弟俩傍晚回来，一家人为杀了“妖怪”庆贺，然后过上了平静的日子。很多年之后，一个修行的法师路过，告诉这对兄弟：“你们的父亲身上有股大邪气。”他们把这话告诉“父亲”，“父亲”大怒。说话时，法师闯入家门，施法，“父亲”变成了一只老狸，逃进了床底下。兄弟俩把它杀了，这才知道多年前杀掉的那个“妖怪”，其实才是真正的父亲。安葬父亲之后，一个儿子自杀了，另一个儿子郁郁寡欢，很快也死掉了。

也是在晋朝，有一个人的母亲亡故了，因为家里贫穷无法安葬，他就将母亲的棺椁放置在深山里，并在母亲的棺椁旁搭建茅舍守护，自己则以制作草鞋为生。

一天，快到傍晚的时候，有个妇人抱着孩子前来寄宿，孝子见其可怜，就收留了她。到了晚上，孝子正在打草鞋，妇人走过来，在火堆边睡着了，变成了一只老

狸，怀里的孩子则是一只乌鸡。孝子杀了它们，扔到了屋后的大坑里。

第二天，有个男人找上门，询问自己妻子和孩子的下落。孝子说：“你的妻子不是人，是只老狸，我已经把它杀了。”男子说：“你无缘无故把我妻子杀了，竟然还污蔑说她是狸妖变的！我问你，如果她是狸，尸体呢？”

孝子拉着他来到大坑旁，却见里面那只死掉的母狸，竟然又变成了昨日的妇人模样。那个男人扭送着孝子来到官衙，请县令为他做主。县令将事情详细地询问了一番，无从判断也很是为难。这时，有人出了一个主意：“狸妖怕猎狗，只要放出猎狗就知道了！”于是，县令叫人放出了猎狗，那个男人吓得体如筛糠，倒在地上变成了一只老狸，县令叫人射死了它。至于那个妇人的尸体，则又变成了狸尸。

东晋乌伤县（今浙江金华义乌）有个人叫孙乞，上级命他出公差，送一封文书到郡里。当他走到石亭这个地方的时候，天下起了大雨，而且天马上就要黑了。大雨中，孙乞看到一个女子，举着一把青伞翩翩而来。女子年纪有十六七岁，穿着一身紫色的衣服，美若天仙。孙乞很喜欢对方，正想上前打个招呼，突然一道闪电划破苍穹，借着闪电的光芒，孙乞才发现那根本不是一个女子，而是一只大狸猫，手里拿的伞是一柄荷叶。孙乞抽出刀，杀了它。

名

鸡妖

出处

南北朝刘义庆《幽明录》卷三

唐代张鷟《朝野佥载》卷四

清代和邦额《夜谭随录》卷二《张老嘴》

第〇一三号

南北朝时，代郡（郡治在今河北蔚县代王城遗址）某地有个亭子，经常出现妖怪。有个书生身形壮硕且很英勇，想到亭子里住宿。管理亭子的小吏告诉书生这里闹妖怪，劝他不要住在这里。书生说：“放心吧，我能对付得了。”

到了晚上，吃饱喝足之后，书生在前厅坐着。突然出现了一只手，拿着一只笛子。书生知道是妖怪出来了，笑道：“你只有一只手，没法按住所有的笛孔，还是我吹给你听吧！”妖怪说：“你以为我手指头少吗？”言罢，伸出手，几十根手指头冒了出来。书生冷笑一声拔出剑砍了过去，发现对方竟然是只老公鸡。

南北朝时，临淮（今安徽凤阳县临淮关镇）有个叫朱综的人，母亲去世了，他长期在墓地居住，为母亲守丧。有一天，朱综听说妻子病了，便回去看望她。妻子说：“守丧是大事，不要经常回来了。”朱综很奇怪，说：“自从母亲去世，我在墓地，很少回来呀。”妻子也奇怪，说：“不对呀，你经常回来。”朱综知道是妖魅作怪，就命令妻子的婢女等到“他”下次再来时，立即关上门窗捉拿。

等到那装扮成他的妖怪来了，朱综立刻前去探视捉拿。这个妖怪变成了一只白色的公鸡，原来是自己家养了很多年的一只老公鸡。朱综杀了这只公鸡，以后再也没有怪事发生了。

唐代一个叫卫镐的人当县令时下乡视察，到了里正王幸在的家中。卫镐打了个盹，梦中有一个穿黑衣服的妇人领着十多个穿黄色衣裳的小孩，请求他饶命，并连连给卫镐磕头，过了一会儿又来一次。卫镐睡醒后心中烦躁，就催着王幸在快点儿吃饭。同卫镐关系好的人报告说，王幸在家贫，没有什么菜，养了一只黑母鸡正在孵蛋，已经十多天了，王幸在想把这只鸡杀了。卫镐这才明白，梦中的黑衣妇人就是这只黑母鸡，于是告诉王幸在不要杀这只黑母鸡。这天夜里，卫镐又做了一个梦，黑母鸡向他道谢，然后高高兴兴地走了。

清代有个姓张的千总，因为嘴特别大，所以大家都叫他张老嘴。一天晚上，张老嘴到一个朋友家吃饭，喝酒喝到了二更，提着灯笼去上厕所，看见一个人赤裸着身子躺在角门下面，脸有一尺多宽，嘴角一直延伸到耳朵下面，正在呼呼大睡。张老嘴抬脚就踢，那人变成了一只黑色的大公鸡，绕墙而走，咯咯直叫。张老嘴抓住这只鸡妖，煮熟下了酒，味道不错。

名

僧蝇

出处

唐代释道世《法苑珠林》卷七十（引《冥报拾遗》）

唐朝时，齐州（今山东济南）有个人叫杜通达。贞观年间，县里接到命令让杜通达送一个僧人到北方去。

杜通达见这个僧人有个箱子，心里想其中一定装着贵重的物品，就同妻子商量计策，把僧人打死。不料僧人竟然没死，只听他念了两三句咒语，然后就有只苍蝇飞到杜通达的鼻子里，闷在里面很长时间也不出来。杜通达的眼鼻立刻就歪斜了，眉毛和头发也随即脱落。他迷迷糊糊不知道怎么走路，精神不振，便得了恶病，没过一年就死了。临死的时候，那苍蝇飞出来，又飞进他妻子的鼻子里。妻子随即得了病，一年多后也死了。

也是在唐代，河间（今河北沧州）有个人叫邢文宗，性情粗暴阴险。贞观年间，他忽然得了恶风病，十多天之内，眉毛和头发都落光了。他就到寺庙里忏悔，说十有八九是因为自己早年间做了一件坏事，所以才有了如今的报应。

他说，前几年，有一次和一个老僧一道去幽州，在路上遇到一个人，这人带着十匹绢，自己就杀了这个人，将那些绢据为己有。干完这件事后，他害怕和自己一道的老僧将这件事情告诉别人，又拿起刀要杀老僧，老僧磕头说：“求你保我性命，我发誓终生不对别人说。”他根本不相信，举起刀还是把老僧杀了，还把尸体扔到了荒草里。

到幽州之后，邢文宗将那十匹绢卖了，得了一大笔钱，办完事情之后，原路回家。恰巧经过老僧死的那个地方，当时正是暑天，他想着尸体应该早就腐烂了，想着去看一下，结果发现老僧的尸体一点儿都没腐烂，就像活着一样。邢文宗十分生气，就用马鞭子杆捅那老僧尸体，忽然有一只苍蝇从已死去的老僧嘴里飞出来，钻到了他的鼻子里，闷在里面很长时间也不出来。

邢文宗说自己得的这病，肯定是因为老僧变成那只苍蝇来索命，故而在寺庙里痛哭流涕，忏悔不已。不过不管做什么都没用了，过了一年多，他便病发身亡。

名
鹿娘
出处
唐代郑常《洽闻记》

第〇一五号

南北朝时，常州江阴县（今江苏江阴市）东北有座石筏山。有个樵夫到山里砍柴，看见有只母鹿在下崽，接着听到小孩的啼哭声。樵夫觉得奇怪：荒山野岭，怎么会有孩子的啼哭声呢？他走过去，发现那只母鹿竟然生下了一个女婴。樵夫心地善良，把女婴抱回家中，收养了。等女孩长大，樵夫让她出了家，当时人都称其为“鹿娘”。

梁武帝听说这件事，专门给她修建了一座道观，取名为圣观。

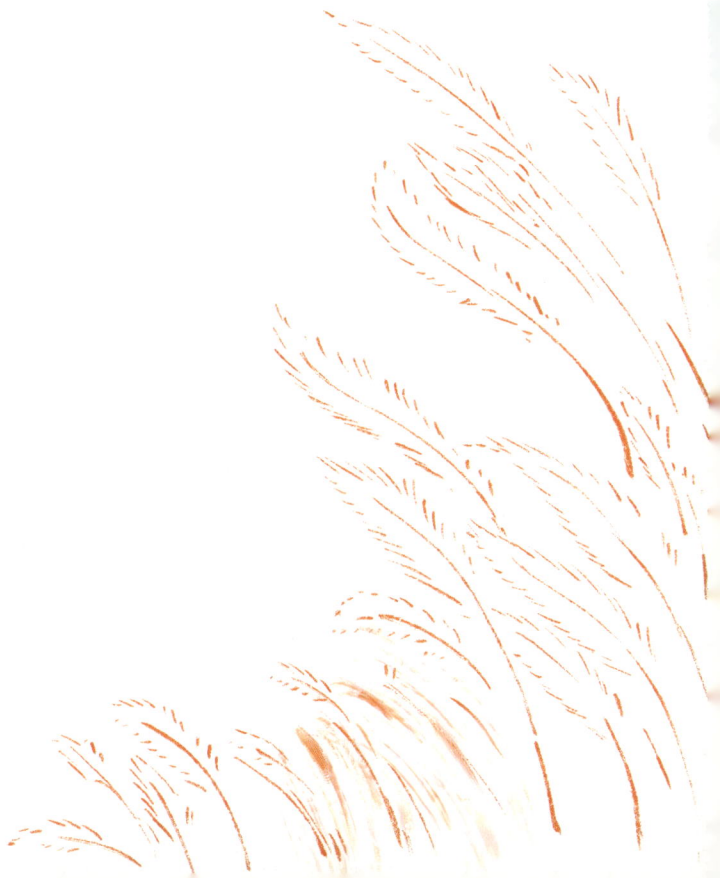

名

猫犬

出处

清代乐钧《耳食录二编》卷七《猫犬》

第〇一六号

清代康熙年间，北京大兴县（今大兴区）有个老太太信佛，佛堂里供着一盏佛灯。

一天傍晚，老太太听到佛堂里传来细微的声响，觉得奇怪，就扒着门缝往里看。只见里头一只黄狗如同人一样站着，伸出两只前爪抓住桌边，身上有一只猫，猫也直立，正在偷喝佛灯里面的灯油。猫和狗，都是家里养的。

猫吸了油，再低头吐到狗的嘴里，如是再三。过了一会儿，狗催促道："赶紧的！老太太马上就来了！"老太太很吃惊，推门而入，狗和猫飞奔而出，家里人四处寻找也没找到。

第二天夜里，老太太听到院子里有声音，起来查看，看见那只猫坐在狗的背上，狗匍匐而行。老太太喊了一声，狗和猫都消失了。

晚上，老太太梦见一个黄衣男子和一个白衣女子前来，对她说："我们在主人你家很长时间了，你豢养我们的大恩大德不知道怎么回报。现在你发现了，我们就不能留下来了，就此作别吧。"两个人说完对着老太太跪拜，转身，变成了狗和猫。猫跳到狗的身上，骑着狗，离开了。

名

槃瓠

出处

晋代郭璞《玄中记·狗封氏者》
南北朝范晔《后汉书》卷八十六《南蛮西南夷列传第七十六》

第〇一七号

上古时期，高辛氏有个女儿十分漂亮，还没有嫁人。当时犬戎作乱，高辛氏就许下诺言，谁能平定叛乱，就将这个女儿嫁给他。

高辛氏有只狗，名为槃瓠。它听到这个消息后，狂奔而出，三个月时间便杀了犬戎，叼着罪人的脑袋回来了。高辛氏认为不能失信于民，就将女儿嫁给了这只狗。

高辛氏在距离会稽（今浙江绍兴）东南方向两万一千里的海中寻到一个地方，将方圆三千里赐给了女儿和这只狗。

这对夫妻生下的男孩是狗，生下的女孩则是美女，因此这个国家的名字就叫狗民国。

名

皮羽女

出处

晋代干宝《搜神记》卷十四《羽衣人》

南北朝萧子开《建安记·乌君山》

第〇一八号

晋代豫章郡新喻县（今江西新余）有个男子看见田野中有六七个女子，全都穿着羽毛做的衣服。他匍匐着靠近她们，拿到其中一个女子脱下的羽衣并藏了起来。

过了一会儿，其他女子都穿上羽衣飞走了，只有一个因为没有羽衣，不能飞走。他就娶了这个女子做妻子，生了三个女儿。

等女儿们长大了，母亲叫女儿们问父亲，知道了自己的羽衣藏在稻谷下面，便取出穿在身上，飞走了。后来，她又拿来羽衣接上三个女儿，一起飞走了。

乌君山是建安县（今福建建瓯市内）的一座名山，在县城西面一百里处。

有个道士叫徐仲山，从少年时代起就追求得道成仙之法，并且非常专心虔诚，生活俭朴，坚守节操，时间越长越坚定。有一次，徐仲山在山路上行走，遇上了大暴雨，很快就迷了路。忽然，借着闪电，他看见一处住宅，就走过去想避避雨。

到了门前，徐仲山看见一个身穿华丽衣服的人。那人自称是监门官萧衡，真诚地邀请他进宅。徐仲山问："自从有了这个山乡，我从未看见过有这么一处住宅。"那人说："这里是神仙的住处，我就是监门官。"不久，有一个女郎，梳着一对环形的发髻，穿着带有青色花纹的绸衫、紫红色的裙子，左手拿着金柄牛尾拂尘，走过来问："监门官在外面与什么人谈话，怎么不报告呢？"萧衡回答说："来人是这个乡的道士徐仲山。"不一会儿，那女郎又招呼说："仙官请徐仲山进去。"

女郎领着徐仲山从走廊进去，到了堂屋南侧的小庭院，其中有一个男子，五十多岁，身上的皮肤、胡须和头发全是白色的，戴着纱巾围成的帽子，披着白绸布上绣着银色花纹的披肩。这男子对徐仲山说：“我知道你诚心修炼了很多年，是个超越凡俗之人。我有个小女儿熟悉修道的方法，可与你结为夫妻，今天正是好时辰。”徐仲山欣然应允，走下台阶拜谢，又请求拜见老夫人。男子阻止他说：“我丧妻已经七年了。我有九个孩子，三个儿子、六个女儿。做你妻子的，是我最小的女儿。”

婚礼结束后第三天，徐仲山参观住宅，走到一座棚屋前，看见竹竿上悬挂着十四件皮羽衣，一件是翠碧鸟的皮羽衣，其余全是乌鸦的皮羽衣。乌鸦皮羽衣中，有一件是白乌鸦的皮羽衣。他又到西南面去看，有一座棚屋，衣竿上有四十九件皮羽衣，全是鸺鹠鸟的皮羽衣。

徐仲山暗自觉得这事很怪异，悻悻地回到自己的居室中。妻子见到，问他：“你刚才出去走了一趟，看见了什么，竟然情绪低落地回来了？”徐仲山没有回答。妻子又说：“神仙能够轻飘飘地升到天上去，全都是凭借翅膀的作用，否则又怎么能够在片刻之间就到了万里之外呢？”徐仲山问道：“乌鸦皮羽衣是谁的？”妻子回答：“那是父亲的皮羽衣。”他又问：“翠碧鸟皮羽衣是谁的？”妻子回答：“那是经常派去通话领路的女仆的皮羽衣。”他又问其余的乌鸦皮羽衣是谁的，妻子回答：“是我兄弟姐妹的皮羽衣。”他又问鸺鹠皮羽衣是谁的，妻子回答：“是负责打更和巡夜的人的皮羽衣，就是监门官萧衡一类人的……”

妻子的话还没说完，整座宅院的人忽然都惊慌失措

起来。徐仲山问是什么原因，妻子对他说：“村里的人准备打猎，放火烧山。”不一会儿，大家都说：“竟没来得及给徐郎制作一件皮羽衣，今日分别，就当此前是萍水相逢一场吧。”然后众人都取来皮羽衣，四散飞去。原来看见的一片房屋，也都不见了。

从此以后，那个地方就叫乌君山。

名

蛴螬

出处

宋代李昉等《太平广记》卷第四百七十七《张景》（引《宣室志》）

第〇一九号

唐代，平阳（今山西临汾市）有个人叫张景，因擅长射箭做了州郡的副将。张景有个女儿，十六七岁，非常聪明。

一天晚上，张女一个人在屋里刚刚睡下，忽然听见有人敲她的门，不一会儿就有一个人走了进来。那人穿着白衣服，脸大而胖，把身体斜倚在张女床边，神态浮夸。张女以为对方是强盗，默默地不敢转头看。白衣人又上前嬉皮笑脸，张女更加害怕，就斥责他：“你是不是强盗？若不是的话，就不是凡人。”白衣人笑道：“你说我是强盗，已是错了，还说我不是凡人，那就更过分了。我本是齐国曹姓人家的儿子，大家都说我仪表堂堂，你竟然不知道？今晚，我就住在你这里吧。”说完，便仰卧在床上睡了，将近天亮才走。

第二天晚上，白衣人又来了，张女更加害怕。第三天，张女把情况告诉了父亲张景。张景说：“这一定是个妖怪！”于是，张景拿来一个金锥，在锥的一头穿上红线，并把锥尖磨得很锋利，把它交给了女儿。“妖怪再来，用这个在它身上做标记。”张景说。

当天晚上，妖怪果然来了。张女装出很热情的样子，和妖怪聊天，把对方哄得很高兴。快到半夜时，张女偷偷地把金锥插入妖怪的脖子中。那妖怪大叫着跳起来，拖着线逃走了。张景带着张女和仆人顺着线找到了一棵古树下面，看到一个洞，线一直延伸下去。张景沿着线往下挖，挖了数尺，发现有一只大蛴螬蹲在那里，金锥就在它的脖子上。蛴螬，“齐国曹姓人家的儿子”，应该就是那个白衣男人了。张景当即杀死了这个妖怪。从此以后，再也没有什么怪事发生。

名

青衣蚱蜢

出处

宋代李昉等《太平广记》卷第四百七十三《蚱蜢》（引《续异记》）

第〇二〇号

徐邈，晋孝武帝时为中书侍郎，温文尔雅，大家都很尊敬他。

按照惯例，徐邈所在的官署需要有人按时值班。每当徐邈在官署值班时，明明只有他一个人在屋里，下属们却经常听到他与人说话，而且言谈甚欢。时间久了，大家都觉得很奇怪。

徐邈过去的一个门生，一天晚上偷偷去观察，可什么也没看到。天色微有光亮时门生忽然看到一个怪物从屏风后面飞出来，一直飞进院子里的一口大铁锅旁。门生追过去一看，发现大锅旁边的菖蒲根下，有一只很大的青蚱蜢。门生怀疑就是此物作怪，就摘掉了它的两只翅膀。

到了夜晚，蚱蜢托梦给徐邈，说："我被你的门生困住了，往来之路已经断绝。我们相距虽然很近，然而却有如山河相隔。"

从梦中醒来，徐邈十分伤心。门生见徐邈这副样子，就旁敲侧击地询问原因。徐邈说："我刚来官署时，看见一个青衣女子，头上还绾着两个发髻，颇有姿色。我很喜爱她，一直沉溺在情爱之中，也不知道她是从何处来到这里的。"门生听了这话，十分害怕，就把这件事情的来龙去脉告诉了徐邈，而且从此之后再也不伤害蚱蜢了。

名

鳝妖

出处

清代董含《三冈识略》卷二补遗《鳝怪》

第〇二一号

清代的润州（今江苏镇江）风景优美，河道纵横，是有名的江南鱼米之乡。

有个打鱼的人，晚上在江边停船休息，看见一个黄衣女子，年纪十三四岁，头上扎着双髻，从芦苇荡里出来，向人乞求食物，吃完就离开了。连续多天，每天晚上都这样。

打鱼的人觉得很奇怪，就悄悄跟踪，发现那女子变成了一条五尺多长的黄鳝，全身金黄，双目赤红，头上长着肉角。她发现打鱼的人跟踪自己，马上跳入江里消失了。

名

瘦腰郎君

出处

元代林坤《诚斋杂记》卷上《桃源女子》

第〇二二号

元代桃源这个地方有个女子名叫吴寸趾，乃是大家闺秀，生得花容月貌。当地很多年轻人都喜欢她，前来提亲的人络绎不绝。

有段时间，吴寸趾总是梦见一个书生。在梦里，二人情投意合，山盟海誓，恩爱无比，问他的姓名，书生说：“我是瘦腰郎君。”

吴寸趾最初以为是自己做梦而已。但是有一个白天，那书生真的出现了，两个人说说笑笑一番后，书生出门离开，变成蜜蜂飞入了花丛中。

吴寸趾小心捡起那只蜜蜂，收养了它。之后，它引来了很多蜜蜂到吴寸趾家中，吴家也因为出售蜂蜜变得更加富裕起来。

名

天女

出处

宋代《采兰杂志·天女》

明代陈继儒《珍珠船》卷一

传说从前有燕子飞入百姓家中，变成一个女子，高只有三寸，自称天女，能够预知吉凶，所以大家都把燕子称呼为天女。

明代有个叫程迥的人，有一天，有只燕子飞入他家里，径直落在堂前的墙上，接着变成一个美丽的女子，高只有五六寸，但是四肢、五官和人一模一样，身上的衣服也十分华丽，见到人也不害怕。她小声说："我乃玉真娘子，偶然间来到这里，不是作祟，如果你们能供奉我，我会给你们带来好运。"程家人相信了她，就以香火供奉。

这位天女能够预言凶吉，十分灵验。很多人都去程家观看，程家因此得了很多钱财。

第二年，不知道为何，那天女突然飞走了。

名

蜈蚣

出处

清代解鉴《益智录》卷二

清代董含《三冈识略》卷二补遗《蜈蚣》

章邑（今山东章丘）这地方有个甲某，对母亲十分孝顺，但家里很贫穷。甲某身体健壮，每天砍柴挑着去集市上卖，用卖来的钱赡养母亲。

一天，在挑着柴火回来的路上，他看见前面有个女子，以为是寻常行路的人，就大步超过了她。突然，女子叫了甲某一声，向他问路。甲某转过身，发现这个女子长得很漂亮，一时间有些心神荡漾。女子也是眉目传情，惹得甲某心猿意马。女子问一个地方，说这里往前走，能到吗？甲某说那地方有些远，天黑之前恐怕到不了。

女子说："那我就在前面的村子借宿吧。"甲某转身就要走，女子又问："你家有空闲的房间吗？"

甲某说："有是有，可我家有老母亲在，借宿这种事情我不能自己决定，得问她，她老人家同意了才行。"女子就说："那你先去禀告母亲，我跟着就去，如何？"

甲某答应了，回家将此事告诉母亲。母亲觉得人家是个女子，出门在外，能帮就帮，便答应了。

过了一会儿，女子来了，母亲将她安置在空闲的房间里。母亲看这个女子长得漂亮，和甲某说话一点儿也不害羞，就觉得有些奇怪，便将甲某叫到自己的卧室里，说："自古女子要贤良淑德才行，我看她言谈举止一点儿都不矜持，怕不是什么好人家，你不要和她多说话。"

甲某点头答应。从母亲房里出来，他正好碰见女子，女子见甲某的母亲不在跟前，就问他的房间在哪儿。甲某不吭声，女子狠狠地瞪了他一眼，表情很让人害怕。甲某赶紧说：“我和母亲各住一间房子。”女子说：“你晚上不要插门，我过去。”甲某答应了。

甲某的母亲持家甚严，要求甲某晚上一定要把门窗关好才能睡觉。到了晚上，甲某按照母亲的交代，关好门窗。三更时，女子果然来了，站在窗户旁边，轻轻敲窗，叫甲某开门。甲某思量再三，还是开了门，发现门外不是女子，而是一个怪物，长得如同布袋，分不出脑袋和脚。幸好有砍柴的巨斧在旁边，甲某拿起来就砍，那怪物惨叫一声而去。

点起火把后，甲某发现那怪物被砍下来的东西是个下颚，大如蒲扇。等到白天，甲某顺着血迹寻找，来到一座山下，看见一个石洞跟前，有只蜈蚣扭曲在地，有一丈多长，粗如碗口，还没有死。甲某举起斧头接连几下将其砍死。

这个石洞，甲某砍柴的时候经常经过，之前见洞口好像有巨物出入的痕迹，害怕里面的东西出来作祟，就用石头堵住了，想不到其中竟然是这只蜈蚣。

清代，南塘张氏的墓地旁林木葱郁，古树很多，林中有两只蜈蚣，都有一丈多长，脚也都有好几寸长，夏天的夜晚悬挂在树上，吸取月华修行，远远看去就像长长的丝绸挂在树间一般。

名

猬妖

出处

宋代李昉等《太平广记》卷第四百四十二《猬》（引《五行记》）

清代和邦额《夜谭随录》卷一《蝟精》

南北朝时，四川有个叫费秘的人到田间割麦子，遇到暴风雨，不得不在一块岩石下避雨。风停雨歇，费秘从岩石下出来回家。在离家几里的路上，他忽然看到远远地走来十几个女子，都穿着红色、紫色的衣服，一边走一边唱着歌，歌声婉转。

费秘觉得很奇怪，荒郊野岭怎么会有如此打扮的女子呢？

这些女子也发现了费秘，她们越走越近，歌声却越来越小，等到距离费秘十几步的时候，她们背对着费秘站立。

费秘平时是个好奇心极强的人，赶紧跑到对面去，想看清这些女子到底是什么来头，结果发现她们的头上没有耳朵、眉毛、鼻子、嘴巴，只有长长的黑色毛发！费秘吓得惊叫一声，昏倒在地，人事不省。

到了晚上，费秘的父亲见三更半夜儿子还没有回来，就举着火把去找，结果看见费秘躺在道路上，旁边聚集着十几只刺猬。看到火光，刺猬争相逃窜。费秘回到家里，不久就死掉了。

清代时，某地麦子即将成熟，为了防止有人偷割，农民们在田间搭了芦棚，让家里人晚上住在里面。

有个年轻人，姓余，年龄比其他的同伴都要大，独自一人住在自家芦棚里，没过多久便日渐消瘦。父亲和兄长都觉得奇怪，问他原因，他也不说。于是，余某的父亲就嘱咐和余某一起照看麦子的那些同伴偷偷观察，看看到底出了什么事。

这天黄昏时，余某的同伴在田垄上玩耍，看到一个长相丑陋的女人走入了余某的芦棚，便赶紧告诉了他的家人。

余某的家人拿着锄头到了芦棚处，恰巧看到那个女人出来往西去了。她长着巨大的嘴和眼睛，样貌恐怖，迈着小碎步，慌慌张张。

余家人追了二里多地，女人仓皇逃入乱草中消失了。众人沿着她留下的痕迹赶紧寻找，发现一个洞，大如屋子，里面黑乎乎的，不知道有多深。

大家围坐在一起，你一言我一语商量该怎么办，最后决定在洞口堆积枯枝败叶，点火用烟熏。时候不长，一个东西冒着烟突然窜出来。大家吓得够呛，惊叫着躲开。只见那东西勉勉强强往前走了十几步，一头栽倒在地，再也没有动弹。大家小心翼翼地围过去，发现是一只死刺猬。剥下来的皮有半亩地那么大，有好几寸厚，皮上的刺有二尺多长，殷红无比。大家分了它的肉，各自回家。所有人都很高兴，只有那个姓余的年轻人独自偷偷哭泣，说大家杀了他心爱的人。自从那件事之后，村子里再也没有怪事发生。有的人家至今还藏着那只刺猬的皮，经常拿出来告诫年轻人，要从中吸取教训。

名

蟹妪

出处

宋代李昉等《太平广记》卷第一百三十一《报应三十·章安人》（引《广古今五行记》）

第〇二六号

南北朝时，章安（今浙江台州）出海口往北六十里，有条河流叫南溪，溪水幽深，清澈见底，里面有螃蟹，大如竹筐，脚长三足。

刘宋元嘉年间，有个叫屠虎的人经过这里，便抓螃蟹来吃，味道十分肥美。这件事屠虎觉得没什么大不了，浑然没放在心上。怎料想当天晚上，屠虎梦见一个少女对他说："你吃我，不知道你很快也要被吃掉吗？"

屠虎第二天出行，果然被老虎吃了。家里人只能收拢他的残肢下葬，老虎又刨开了他的坟墓撕咬吞吃，导致屠虎的尸体几乎什么也没留下。从此之后，再也没人敢吃那条河流里的螃蟹了。直到如今，南溪里还有那种螃蟹。

名
冶鸟
出处
晋代干宝《搜神记》卷十二《越地冶鸟》
晋代张华《博物志》卷三《异鸟》

第〇二七号

越地一带的深山中有一种大鸟，大如斑鸠，名为冶鸟。这种鸟喜欢在大树上做巢，搭建的鸟巢看上去如同能装五六升米的容器，直径好几寸，周围用土垒边，红白相间。

伐木的人看到搭有这种鸟巢的树，都不敢砍伐。

有时候，夜色黑暗，人在树下看不见鸟，鸟也知道人看不见它，便会鸣叫，发出“咄！咄！上去！”的声音。听到这种声音，樵夫第二天就会到山上去砍伐。如果鸟叫唤说：“咄！咄！下去！”那就意味着，明天应该赶快到山下去砍伐。如果那鸟不让人上去或下去，只是谈笑不停，人们就必须停止砍伐了。

如果有污秽恶浊的东西出现在它们栖息的地方，就会有老虎通宵来守着，人如果不离开，老虎便会伤人。

这种鸟白天看起来是鸟，晚上听它们的鸣叫声也是鸟的叫声，但有时它们会变成高三尺的人，到河流中抓石蟹，找人借火烤着吃，人不能伤害它们，否则就会发生祸事。

越国的人说这种鸟是越国巫祝的始祖。

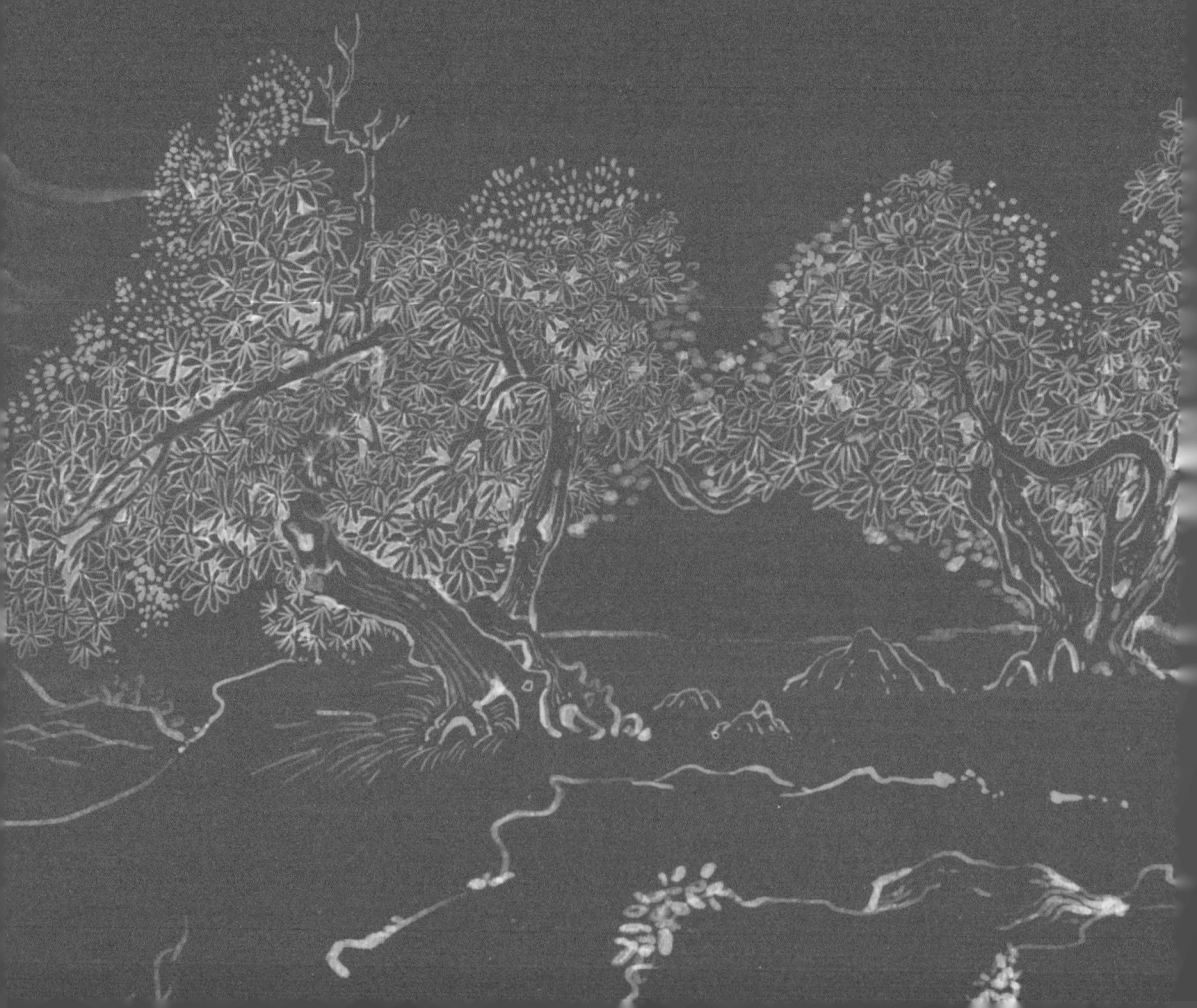

植物篇

名

白耳

出处

唐代段成式《酉阳杂俎·前集》卷十四《诺皋记上》

第〇二八号

唐代有个人叫郭元振，住在深山老林里，修身养性，怡然自乐。

一天，半夜时分，有一个脸如圆盘的东西眨着眼睛出现在灯下。郭元振向来胆子大，看着那张大脸，一点儿也不害怕，还慢慢拿起笔蘸了墨，在它的面颊上写道：“久戍人偏老，长征马不肥。”写完读了一遍，那东西就消失了。

几天后，郭元振跟着樵夫四处闲逛，发现一棵大树上有个白耳，有几斗那么大，上面有他题写的那两句诗，这才明白过来夜里出现的那张怪脸，便是此物。

名

陂中板

出处

晋代陶潜《续搜神记》卷八《聂友板》

第〇二九号

三国的吴国，豫章郡新淦（今江西北部）这个地方，有个人叫聂友。此人年轻的时候很穷，身份低下，喜欢上山打猎。

有一天，他发现一只白色的鹿，就放箭射中了它；循着血迹追赶，但没有找到。聂友又饥又困，就躺在一棵梓树下休息。一仰脸，看到他射鹿的那支箭竟然扎在树枝上，他觉得很奇怪，就回到家里，准备了干粮，率领子弟带着斧子来伐树。

斧子刚砍下去，树就流出血来。聂友觉得不吉利，就把树破成两块板子，扔到了河里。这两块板子常常沉下去，也常常浮上来。凡是浮上来的时候，聂友家中必然有吉事。

聂友到外地迎送宾客，也常乘坐这两块板子。有时候正处河流当中的时候，板子要沉，客人十分惊惧，聂友呵斥那板子一番，它们就浮上来了。

后来，聂友平步青云，官位一直到了丹阳太守。一次，两块板子忽然随他来到石头城，他大吃一惊，心想，这时两块板子来，恐怕不对劲，于是赶紧辞官回家。他把两块板子夹在胳膊下，一天就到了家中。从此后，板子再出现，就是可能要发生凶祸。

如今，在新淦县城北方二十多里的地方，有条名为封溪的溪流，当年聂友砍伐梓树做板子的地方还在。当地还有一棵樟树，是聂友从石头城归来那天栽的，枝繁叶茂。蹊跷的是，这棵樟树的枝叶都是向下生长的。

名

赤苋

出处

南北朝刘敬叔《异苑》卷八

第〇三〇号

晋代时，有个人买了一个鲜卑的女仆，名为怀顺。

怀顺说了一件怪事：她姑姑有个女儿，曾经被赤苋所魅惑。

据说，她姑姑的这个女儿看到一个男子，穿着红色的衣服，长相风流俊俏。男子自称家在厕所的北面，经常和姑姑的女儿幽会，每次作别之后，就走到屋子后面消失了。

自从和这个男子结识之后，姑姑的女儿变得格外开心，整天唱着歌，心情灿烂。

姑姑一家人觉得事情异常，暗中守候，等那男子离开屋子之后，跟踪过去，看见那人变成了一株赤苋，姑姑女儿的指环还挂在上面呢。

家人砍了那株赤苋，女儿十分伤心，过了一晚上就死了。

名
光化寺百合
出处
唐代薛用弱《集异记·补编》《光化寺客》

唐代，兖州（今山东济宁）的徂徕山上有座寺庙，叫光化寺。有个书生意志坚定，一心要考取功名，就在寺里面苦读，长期住在那里。

夏季一个比较凉爽的日子，晚风习习，月朗星稀。书生放下书本，决定休息一下，便来到寺庙的廊下观看壁画，不想遇上一个十五六岁、身着白衣的美丽少女。

书生询问女子从哪里来，女子笑着回答说，家在山前。书生以前在山前并没有见过这个女子，只是因为特别喜欢她，也没有怀疑她的身份。

书生和白衣女子一见钟情，情意绵绵，二人共度了一晚。白衣女子说：“你没有因为我是村野之人而瞧不起我，所以我想永远留在你身边，但是今晚必须离去。等我再回来就可以永不分离了。”

书生对女子恋恋不舍，千方百计想要挽留她，都被女子拒绝了。见女子意志坚决，书生就把平常戴在身上的一件宝贝——白玉指环，送给了她，作为二人的定情信物。“看到它，你就会想起我了，希望你早点回来，以解我的相思之苦。”书生如此说。女子点头答应。二人难舍难分，女子最终站起身，要离开。

书生想出去送送她，女子说：“恐怕家里有人会来接我，你不要送了。”

书生唉声叹气，偷偷爬上寺里的门楼，想目送爱人离开。他远远看着白衣女子走出此门百步左右，忽然就不见了。

寺前平阔数里，都是些小树小草，一根头发也不能隐藏，女子怎么会突然不见呢？书生觉得奇怪，赶紧来到寺前仔细寻找。尽管他对这里特别熟悉，但就是找不到女子的踪迹。

书生见草中有一株百合，白花绝美，就把它挖了出来。等拿到屋里，才发现那枚白玉指环就裹在这株百合里。

书生既惊慌又悔恨，精神恍惚，后来一病不起，不久就死去了。

名
嘉陵江巨木
出处
唐代薛用弱《集异记》补编》《高元裕》

阆州城靠近嘉陵江，那条江水流湍急，波涛翻滚。

江边有一根大木头，长一百多尺，粗五十多尺，没人知道它的来历。这木头在水上漂荡了许多年，往来穿梭于水中。

据阆州城上了年纪的人说，相传是尧帝的时候发大水，把这根木头冲到这里来的。

襄汉节度使高元裕是渤海人，大和九年（835 年）从中书舍人迁任阆州，成为该地的地方官员，来到该地不久就见到了这根大木头，觉得很稀罕。

有一天，江边的官吏来报告说，那江中的大木头从来都是头向东，昨夜无缘无故向西了。高元裕更觉惊奇，立即和同僚们径直赶到江边观看，随即召集周围摆船的，又叫来一些军吏百姓，用粗绳子挂住那大木头往岸上拽。一开始还没什么阻碍，大伙一拖，那木头就开始出水登岸了。但是出水大半以后，它就屹立在那里不动了。即使是一千个人一百头牛，费尽力气，也拽不动它。大家筋疲力尽，不得不放弃。从此，这根木头便在风吹日晒之下，僵卧在沙滩上。

时间长了，有人开始打这根木头的主意。有和尚想要把这根大木头做成大柱子用来修建佛寺，有州吏想把大木头锯开，做木雕的原材料，但都被高元裕拒绝了。他觉得此木奇伟异常，不能随意就给破坏了。思来想去，他打算把大木头送还到江里去，但是考虑到需要许多劳力，很费事，就犹犹豫豫一直没有定下来。

开成三年（838 年）正月十五日，高元裕依照先例到开元观烧香。同僚官吏全部到了，人头涌动，现场气氛热烈。高元裕很高兴，想着既然来了这么多人，那大家干脆一起拉动那木头，便可送它回到江中。大家一听，齐齐点头，立刻弄来不少粗绳子，召集了一些有力气的人，准备干活。

就在大家一鼓作气打算拉它的时候，这根巨木却借着众人的力气自己转移，轻易地又回到水里去了。在它离江水还有一尺来远的时候，轰然一声巨响，捆在巨木上的上百条粗绳子全都绷断，像被斩断一样。那大木头则沿着漩涡沉没了，江面上立刻出现了从来没有过的寂静。

高元裕派了几个擅长潜水的人下到水底观瞧。江水很清澈，就连一根头发也看得清。潜水的人在水底观察了许久才出来，报告说：“大人，水里另有东西方向两根木头，粗细和刚才下去的那根没什么两样，刚才下去的那根南北向摞在另外那两根木头上。”大家听了这话，你望望我，我望望你，脸上都露出了惊愕之色。从此，那木头再也没人看见过。

不久之后，朝廷派使者前来，宣布高元裕升官，担任谏议大夫。高元裕打开文书发现，朝廷确定自己升迁的日子，正好就是他命人将巨木送回江中的那一天。

名

胡桃

出处

唐代段成式《酉阳杂俎·前集》卷十四《诺皋记上》

第〇三三号

唐代大历年间，有个寡妇柳氏居住在渭南（今陕西渭南）。

柳氏有个儿子，年纪十一二岁。夏天的一个晚上，儿子忽然感到害怕，惊悸睡不着，三更后，看见一个老头，穿着白衣服，两颗牙齿龇出唇外，走到他的床前。

当时柳氏儿子身边有个丫鬟，但已经睡着，老头来到近前掐住丫鬟的喉咙，撕碎丫鬟的衣服，一眨眼的工夫，便吃掉了丫鬟的皮肉，露出森森白骨。接着，老头把丫鬟举起来，张开嘴吞吃丫鬟的五脏六腑。那老头嘴大得如同簸箕，模样十分恐怖。柳氏的儿子看了，不由自主吓得大叫一声，老头随之消失了。家人听到惊叫声赶来时，发现丫鬟只剩下骨头了。

几个月后，一天傍晚，太阳快要落山了，柳氏坐在院子里乘凉。见有只胡蜂围着自己来回飞舞，柳氏就用扇子拍打，将胡蜂打落在地，结果听到啪嗒一声响，再仔细观看，发现那胡蜂竟然变成了一颗胡桃。

柳氏很是惊奇，捡起胡桃，放在屋子里，结果那胡桃迅速长大，刚开始如同拳头大小，然后长成了磨盘一样大，突然爆裂为二，如同飞轮一样飞起来，啪的一声夹住柳氏的脑袋，将柳氏夹得脑浆迸裂，然后飞走了。

名

护门草

出处

唐代段成式《酉阳杂俎·前集》卷十九《广动植之四·草篇·护门草》

第〇三四号

常山北有一种草，名叫护门草。

把它放到门上，夜间有人经过，它就会发出呵斥声，保护主人的宅邸，不让人进来。

名

槐精

出处

唐代段成式《酉阳杂俎·前集》卷十五《诺皋记下》

唐代张读《宣室志》卷五《吴偃》

第〇三五号

唐代元和年间，有个叫陈朴的人，家住崇贤里北街。有一天，他正在自己家里，倚着门往外看。当时正是黄昏时候，他看见一些好像妇人和老狐、异鸟之类的东西，飞入一棵大槐树里，不见了。于是，他就把大槐树砍倒，想看看到底是怎么回事。大槐树一共三个杈，中间都是空的，一个杈中装有独头栗子一百二十一个，中间用布包着一个死孩子，一尺多长。

也是在唐代，礼泉县（今陕西咸阳）有一个叫吴偃的山民，家在田野之间，有个十来岁的女儿。一天，女儿忽然不见了，也不知道去了哪里。过了几天，吴偃梦见死去的父亲对他说："你的女儿在东北方向，大概是木精作怪，把她藏了起来。"吴偃被惊醒了。

到了第二天，他到东北方向仔细查找踪迹，果然听到呼喊呻吟的声音。吴偃顺着声音找过去，发现女儿在一个洞穴里。洞穴的口很小，里边稍微宽敞。旁边有一棵老槐树，枝繁叶茂，巨大的树根盘绕在地，遒劲如龙盘。吴偃费尽力气把女儿救出来，领回家，但是女儿变得痴痴呆呆。

某天，有一个姓李的道士来到县里，吴偃就请道士用法术救救自己的女儿。李道士答应下来，施展法术，女儿逐渐恢复神智，说："此地东北有一棵大槐树，成了精，拉着我从树肚子里走进地下的洞穴内，所以我就病了。"

听女儿说完后，吴偃气愤地砍倒了那棵大槐树。几天后，女儿的病果然好了。

名

贾诎

出处

唐代释道世《法苑珠林》卷四十五（引《白泽图》）

第〇三六号

生长千年的大树会生出一种虫子，名为贾诎，长得像猪，吃起来有狗肉的味道。

名

彭侯

出处

唐代释道世《法苑珠林》卷六十三

晋代干宝《搜神记》卷十六《彭侯》

第〇三七号

彭侯是树木之精，长得像黑狗，只是没有尾巴。

三国时期，东吴建安（郡府驻地在今福建建瓯）太守陆敬叔派人去砍伐一棵大樟树。伐木人刚砍了几斧头，就看见血从树里往外涌。当把树砍断的时候，一个人面狗身的怪物从树里冲了出来。

陆敬叔指着这个怪物对手下说：“这个东西叫彭侯。”大家一拥而上，将怪物抓住。陆敬叔命人把这个怪物煮了吃，发现味道与狗肉差不多。

名

青牛

出处

晋代郭璞《玄中记》

唐代余知古《渚宫旧事》卷五

五代徐铉《稽神录》卷二《鞭牛》

宋代李昉等《太平御览》卷九百《牛下》（引《嵩高记》）

第〇三八号

据说，山里面的古树如果树龄超过万年（也有说是千年），就会变成青牛。

东汉时，汉桓帝有次在黄河边游玩，忽然有一头大青牛从黄河里跑出来，周围的人都吓得四散逃走。

陪伴皇帝的人中有个姓何的将军，他十分勇猛，冲上去，左手拉住牛蹄，右手举起斧头，砍掉了牛头。

不过那头牛的尸体很快就消失了。人们这才知道，那头青牛是万年树精所化。

晋代时，桓玄去荆州，在鹳穴这个地方遇到一个老头，他赶着一群青牛，模样与众不同。

桓玄见那些青牛长得十分雄健，就用自己的车子跟老头换了一头青牛。他骑着牛一路行走如风，简直比乘着千里马还要快。到了地方，桓玄从牛背上下来，牵着牛到河边喝水。那头青牛摇头晃脑，走入水中就消失了。

后来，桓玄请来巫师询问这件事，巫师说那头青牛乃是树精。

宋代时，京口（今江苏镇江）有个人晚上来到江边，看见石公山下面有两头青牛，肚子和嘴巴都是红色的，在岸边嬉戏。有个三丈多高的白衣老头，拿着牛鞭坐在牛背上。

过了一会儿，老头回头，发现有人偷看，就举起鞭子把两头牛赶入了水里。随后，老头上下蹦跳，身形变得越来越高，抬起腿径直上了石公山，消失不见了。

名

人木

出处

唐代段成式《酉阳杂俎·前集》卷十《物异·人木》

植物篇

第〇三九号

大食国西南两千里有个国家，那里有一种名为人木的精怪——山谷间的树木之上长出人的脑袋，如同花朵一般，不会说话。人问它什么，它就笑笑，笑得多了，脑袋就会凋零落下。

名

桃木精

出处

清代钱泳《履园丛话》丛话十六《精怪·桃妖》

植物篇

第〇四〇号

清代，嘉定外冈镇徐朝元家里有一株桃树，已经很多年了，枝叶茂盛。

徐朝元的妹妹即将成年，长得非常美丽，经常在桃树上晒衣服。

一天，忽然有个美男子出现在桃树的旁边，和妹妹说笑，时间长了，两个人就有了感情。认识这个男子之后，徐朝元的妹妹变得格外娇艳，但是精神逐渐变得恍惚不正常。

家里人发现情况不对劲，偷偷请巫师占卜，怀疑是桃树作祟，便锯断了它。锯断桃树的时候，里面流出很多血。

从此之后，怪事再也没有发生，但徐朝元的妹妹不久就死了。

名

桐郎

出处

晋代祖台之《志怪》

第〇四一号

有个人叫骞保，晚上在楼上睡觉时，看到一个穿着黄色衣服、戴着白色帽子的人拿着火把上楼了。骞保觉得很害怕，就躲进了柜子里。

过了一会儿，有三个丫鬟带着一个女子上来，戴白帽子的人就和女子一起上床睡觉了。

天还没亮，戴白帽子的人就起身离开了。

如此过了四五个晚上，骞保便对此事十分好奇。一天早晨，等戴白帽子的人离开之后，骞保从藏身的地方跳出来，问那女子戴白帽子的人是谁。女子说："是桐郎，他是道路东边庙宇旁的一棵树。"

一天半夜，桐郎又来了。骞保趁其不备拿起斧头砍倒他，然后用绳子将其绑在柱子上。

第二天一早，骞保去看，发现桐郎竟然变成了一根三尺多高的人形木头。

骞保觉得这东西很稀奇，想将它送给丞相，结果乘船至江中间时，忽然风浪大起，桐郎掉入水中，水面这才恢复平静。幸运的是，骞保总算是捡回了一条命。

名

杏精

出处

清代纪昀《阅微草堂笔记》卷一《滦阳消夏录一》、卷八《如是我闻二》

第〇四二号

清代，河北沧州有个人叫潘班，擅长书画，自称黄叶道人。

有一天，他留宿在朋友的书斋里，听到墙壁里有人小声说：“今晚没有人和你共寝，如果不嫌弃，我出来陪你吧。”潘班听了十分害怕，赶紧搬了出来。

朋友听说这事，告诉他：“这间书斋里有个妖精，经常变化成一个美丽的女子，但从来不会害人。”

人们都说，书斋里的这个妖精并不是狐狸鬼怪之类的东西，它比较讲究，碰到粗俗之人不会出现，反而格外看重那些落魄的读书人，因为敬佩潘班的才华，所以才会自荐枕席。

后来潘班一直不得志，郁郁而终。十几年后，有人听到书斋里传来哭泣声。第二天起了狂风，吹折一棵老杏树，书斋里的妖精就再也没有出现过。

也是在清代，有个书生住在北京的云居寺，看到有个十四五岁的小孩经常来寺里玩。

书生见小孩可爱，就将他留在了自己的房间。但是时间久了，书生发现自己的朋友似乎看不到小孩，仿佛他是个透明人一般。书生怀疑小孩不是常人，便拉着他询问。

小孩说：“你不要怕，我其实是杏精。”

书生惊道：“你难道是鬼魅，来伤害我的吗？”

小孩说：“精和鬼魅不同。厉鬼这些东西是干坏事的，所以叫鬼魅。千年的老树，吸取日月精华，时间长了，便会在体内结胎，就成了精，精是不会害人的。”

书生又问：“我听说花精都是女的，你为什么是男孩呢？”

小孩说：“杏树有雌雄之分，我是雄杏。至于我为什么来找你，是因为你我有缘。”

书生不太相信，问道：“人和草木怎么会有缘分呢？”

小孩犹豫了一会儿，说：“其实，如果不借助人的精气，我们是不能炼化出人形的。”

书生恍然大悟，说：“既然这么说，那你还是在利用我。”

说罢，书生赶紧起身，离开了。

名

藻兼

出处

南北朝刘义庆《幽明录》卷五

有一次，汉武帝和群臣在未央宫举行宴会，正吃吃喝喝很高兴的时候，汉武帝忽然听到有人自称“老臣”。

汉武帝四处看，也没发现这个人，抬起头，见殿梁上有个老头，高八九寸，拄着拐杖，伛偻而行。汉武帝问他话，老头下来后，只对着汉武帝稽首，却并没有回答，抬头看了看大殿，又指了指汉武帝的脚，就消失了。

汉武帝对此十分奇怪，就召来天文地理无所不知的东方朔询问。东方朔听完汉武帝的讲述后，说：“陛下，那个老头叫藻兼，乃是水木之精。夏天住在林子里，冬天会躲进河里。陛下你兴造宫室，砍掉了它居住的大树当作殿梁，所以它特来向你控诉。它刚才看了看大殿，又指了指你的脚，脚是足，是止的意思，也就是告诉你，到此为止吧，从今之后，别再砍伐树木、费尽人力造宫殿了。”

汉武帝听了东方朔的话，点了点头，命人停止修建宫里的殿堂楼阁。

过了一段时间，汉武帝到黄河游玩，听见水底传出音乐声，又看到了那个老头。老头带着很多人，都有八九寸高，穿着华贵的衣服，从水底出来，给汉武帝奉上了精美的食物。

汉武帝赶紧命人将老头和他的随从请到座位上。

老头对汉武帝说：“老臣之前冒死进谏，陛下让人停止砍伐，保全了我们的居所，我等十分感激，所以特意前来表达谢意。”

说完，老头就命令随从为汉武帝演奏歌舞。他们的歌声声音大小和人类的没什么差别，曲调婉转，唱腔优美。汉武帝龙颜大悦，赏赐了不少美酒给老头。

老头还献给汉武帝一枚紫螺，螺壳中有像牛脂一样的东西。汉武帝说：“既然你是水木之精，一定有许多尘世没有的珍宝吧？能不能给我看看，让我开开眼界？”老头命人去取，旁边的一个人跳入水里，很快上来，献上了一颗直径好几寸的大珍珠，光华万道，明耀绝世。

如此，大家高高兴兴地相处了一场，老头才带着随从离开。

东方朔告诉汉武帝：“陛下，老头先前给你的装在紫螺壳里的东西，是蛟髓，涂抹在脸上，可以让人容颜靓丽，如果是女子用了，就不会难产。”

名

蕈童

出处

五代徐铉《稽神录》卷六《豫章人》

第〇四四号

宋代时，豫章郡（今江西北部）这地方的人都喜欢吃蕈。其中有一种黄姑蕈，味道特别鲜美，当地人尤为爱吃。

有一户人家盖房子，就准备了一些黄姑蕈，想用来招待帮着盖房的工匠们。

有一个工匠在房上安放瓦片，正忙碌的时候，从高处无意间往下看了一眼，见一个小男孩绕着烹煮黄姑蕈的锅跑，然后倏地跳进锅里消失了。

不多时，主人把煮好的黄姑蕈摆到餐桌上，热情地款待大家。安放瓦片的工匠觉得事情怪异，就没吃，其他的工匠都吃了。

天黑以后，吃了黄姑蕈的人全死了，只有那个没吃的工匠活了下来。

名

云阳

出处

《白泽图》

晋代葛洪《抱朴子·内篇》登涉卷十七

植物篇

第〇四五号

如果听到山中的大树在说话，其实那并不是树发出的声音，而是一种名为云阳的精灵的声音。

喊它的名字，就会发生吉祥的事情。

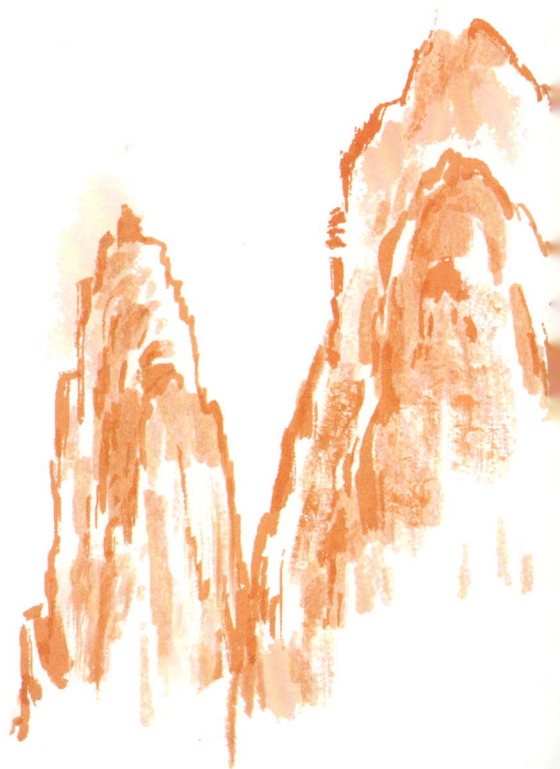

名

花魄

出处

清代袁枚《子不语》卷二十四《花魄》

第〇四六号

清代，婺源有个谢某，在张公山读书。

早晨起来，谢某听到树林中鸟鸣婉转，悦耳动听，听声音好像是鹦鹉或者八哥，便走上前去，发现竟然是个美丽的女子。她只有五寸多高，全身赤裸无毛，通体洁白如玉，表情却似乎很愁苦。

谢某便把女子带回家，养在了笼子里，用饭喂养她。女子一点儿都不害怕谢某，还跟他说话，但是谢某听不懂她说的是什么。过了几天，谢某把笼子放在太阳底下，结果见了阳光，那女子竟然干枯而死。

当地有个叫洪麟的孝廉听说了这件事，跟谢某说：“这叫花魄，如果一棵树上吊死过三个人，树上的冤苦之气就能凝结生出它来。泡在水里，它就可以活过来。”

谢某照办，它果然活了。

邻居们前来看热闹，谢某怕惹来麻烦，把它又送回了树上。不过没多久，一只大怪鸟飞过来，衔着它飞走了。

名

大手

出处

唐代戴孚《广异记·临淮将》

唐代段成式《酉阳杂俎·前集》卷十三《尸穸》

第〇四七号

唐代永泰初年，有一个姓王的书生，住在扬州孝感寺北。

夏天的一个晚上，书生喝完酒躺在床上，双手耷拉垂到床下。妻子担心他着凉，拿起他的手想放回床上，忽然有一只大手从床底下伸出来，把书生拽了进去。

书生的妻子和婢女赶紧相救，发现书生的身体大部分已经被拉进了地下。妻子和婢女虽然死命拉扯，最后书生还是消失不见了。

家里人十分惊慌，拿来工具挖地，挖到两丈深的时候，看到一具枯骨，像埋了几百年似的。

也是在唐代。上元年间，在临淮这个地方，一些将领夜晚举行宴会，炙烤猪羊，大快朵颐。

正吃得高兴，忽然有一只大手从窗口伸了进来，说想要块肉吃，众人都没给。

大手连续要了四次，将领们想戏弄它，就暗中找绳子系了一个结，放在窗户那里有孔的地方，又在另一端打了一个圈套，笑着说：“给你肉！”大手伸进来，就被绳圈套住了，它想挣脱，另一端却卡在了窗户上，根本逃不了。

天将亮的时候，大手掉在了地上，原来是一根杨树枝。

名

橘中叟

出处

唐代牛僧孺《玄怪录》卷三《巴邛人》

明代张岱《夜航船》卷十八《橘中二叟》（引《幽怪录》）

唐代四川巴邛，有个人家里有座橘园，下霜后树上的橘子都收了，唯独一棵橘树的树顶上还有两个大橘子在。

这人就把它们摘了下来，剖开，发现每个橘子里都有两个老头，只有一尺多高，须发皆白，皮肤红润，对坐着下象棋，谈笑自若，也不害怕。

老头们一边下象棋，一边聊天。有一个老头说："这地方很快活，不比商山差，就是不稳妥，被人摘了下来。"

另有一个老头说："饿死了，吃龙根脯吧。"说完，老头从袖子里抽出了一个直径一寸多的草根，形状弯曲如龙，一边削一边吃。

吃完了，老头又拿出一个草根，对着它喷了一口水，那草根就变成了一条龙。四个老头坐上去，很快风雨大作，他们也消失不见了。

名
蟒树
出处
唐代丁用晦《芝田录》

第〇四九号

唐代会昌、开成年间，皇宫里的含元殿要更换一根主柱，皇上命令右军负责木材采伐和制作，要求选择合乎尺寸的木材，而且必须是那种参天古木才行。

士兵们来到周至一带的山场，整整一年也没找到这样的树，便重金悬赏广泛征集。

有个人贪图重赏，不惜探幽历险，终于在人迹不到、猛兽成群的地方找到一棵大树。大树有将近一丈粗，百余尺高，正符合要求。这人先把树砍倒，等到三伏天山洪暴发，利用洪水将树冲到山谷出口处，又找来成百上千个人将其牵拉到河床平坦的地方。

终于成功找到并运来了这棵大树，两岸的士兵为此欢呼庆贺，迅速奏禀了皇上。

可在锯掉丫杈加工成材，等待主管人员挑选的时候，突然来了一个狂士，长得就像个懂得法术的人。他绕着大树叹息感慨，嘟嘟囔囔地没完没了。守卫人员厉声呵斥，想用绳子绑他，他却一点儿也不惧怕。过了一会儿，这里的头头儿命人把他抓了起来，并将此事报告给了皇上。

狂士说，这棵树必须从中间锯开，锯到二尺左右时，就会证明这棵树非同一般。

众人不信，就找来锯子锯树，当锯到一尺八寸深时，飞出来的木屑竟是深红色的；再往下锯二寸，竟然流出来血了。

皇上吓了一跳，急忙命令人把树推到渭水里面，任它顺水漂去。

那个狂士说：“深山大泽里面生长着龙和蛇，这棵树中长着一条巨蟒，它不会长时间待在树里，等再过十年就会从树梢飞出去。如果拿这棵树来做殿堂的柱子，十年之后，这条巨蟒必定会驮载着这座殿堂飞到别的地方去。”

说完，这个人就不见了。

名

女树

出处

明代莫是龙《笔麈》

第〇五〇号

传说海中有座银山，上面长着女树，女树会在天亮的时候生下婴孩。太阳出来时，婴孩就能行走，接着长成少年，中午的时候则成为壮年，到傍晚时便衰老，日落时分就死去了。但第二天女树又会生出婴孩来。

器物篇

名

笔童

出处

唐代张读《宣室志·补遗·崔珏》

第〇五一号

唐朝元和年间，博陵（今河北定州）人崔珏侨居在长安延福里。

有一天，他在窗下读书，看见一个小孩，高不到一尺，披着头发，穿黄色衣服，从北墙根走到榻前，对他说："让我寄住在你的砚台上可以吗？"崔珏不吱声。

小孩又说："我很有才华，愿意供你差遣，你不要拒绝我呀。"崔珏还是不理睬他。

不一会儿，小孩干脆蹦蹦跳跳地上了床，拱手站着。然后，小孩从袖子里取出一份文书，送到崔珏的面前。崔珏打开一看，原来是一首诗。字虽然小得如同粟米，但是清晰可辨。

诗是这样写的："昔荷蒙恬惠，寻遭仲叔投。夫君不指使，何处觅银钩。"

崔珏看完，笑着对他说："既然你愿意跟着我，可不要后悔呀！"

小孩又拿出一首诗放到几案上。诗云："学问从君有，诗书自我传。须知王逸少，名价动千年。"

崔珏又说："我没有王羲之的技艺，即使得到你，又有什么用？"

一会儿，小孩又投来一首诗："能令音信通千里，解致龙蛇运八行。惆怅江生不相赏，应缘自负好文章。"

崔珏哈哈大笑，开玩笑说："可惜你不是五色笔。"

那小孩也笑，蹦下了床，走向北墙，进入一个洞中，消失不见了。

崔珏让仆人挖掘那下面，挖出来了一管毛笔。崔珏拿起来写字，很好用。用了一个多月，也没有发生其他的怪事。

名

常开平遗枪

出处

清代朱翊清《埋忧集》卷七《常开平遗枪》

元朝末年朱元璋起义，平定天下，建立明朝。常遇春追随他左右，战功赫赫，死后被追封为开平王。

清代，南京开平王府传出有精怪作祟，凡是进去的人都会死掉，所以只能贴上封条禁止人出入。

有一天晚上，府中忽然火光耀眼，周围的人以为失火了，赶紧去救。大家开启封条进入后，发现里面殿宇沉沉，一团漆黑。

众人正疑惑之时，忽然狂风大作，雷电交加，大殿后面东北方向，一支丈八长枪拔地而起，化作龙形，蜿蜒冲天而去。

众人惊讶万分，此时一个穿着破衣烂衫、手里拄着拐杖的游方道士经过，听说此事后，笑着说："开平王常遇春活着的时候，曾提着这长枪助明太祖平定天下。当年从北平府回来，他在病危时留下遗命，将此枪埋在殿侧。这枪原本是他收服的毒龙所化，现在埋在地下五百年，应当化龙而走了。"

众人问道士的姓名，道士不愿回答，恳求再三，才知道对方就是张三丰。

名

成德器

出处

唐代柳祥《潇湘录·姜修》

姜修是并州（今山西太原）一个开酒店的，性情不拘小节，嗜酒，整天醉醺醺的，很少有清醒的时候。这家伙平常喜欢和人家对饮，每次都喝得大醉。并州人都怕他沉湎于酒，有时他求与人同饮，人们大多躲着他，所以姜修朋友很少。

一天，忽然有一位客人到姜修这儿来要酒喝，他黑衣黑帽，身高才三尺，腰粗几围。姜修一听饮酒就特别高兴，便和来客促膝而饮。

客人笑着说："我平生喜欢喝酒，但是从来没有一次喝得尽兴，每次都不能喝得肚子里满是酒水。唉，若是能喝个痛快，那将是一件多么令人高兴的事情呀。我听说你也爱喝酒，就想和你做个朋友。"

姜修说："你和我有共同的喜好，真是同道中人，我们应该惺惺相惜、亲密无间才是啊！"

杯来盏去，客人喝了将近三石酒都没醉。姜修非常惊讶，认为他不是寻常人，十分敬佩，站起身来施礼拜服，问他家住哪里以及姓名，又问他为什么能喝这么多酒。

客人说："我姓成，名德器，原先我住在荒山野岭，因为偶然间得了天地造化，这才有了现在的模样。如今，我已经老了，又自己修得道行，酒量很好，要装满肚子，得五石酒才行。如果能喝够量，我就很高兴。"

姜修听了这话，又摆上酒和他喝起来。不一会儿酒喝到五石，客人大醉，发狂地唱歌跳舞，大声喊："真是高兴呀！高兴！"最后倒在地上。

姜修认为他醉了，让家童扶他到室内。到了屋子里，客人忽然跳起来，惊慌地往外跑。大家跟着追出去，发现他撞到一块石头上，“当”的一声就不见了。

到了天亮一看，原来是一只多年的酒瓮，很可惜已经破了。

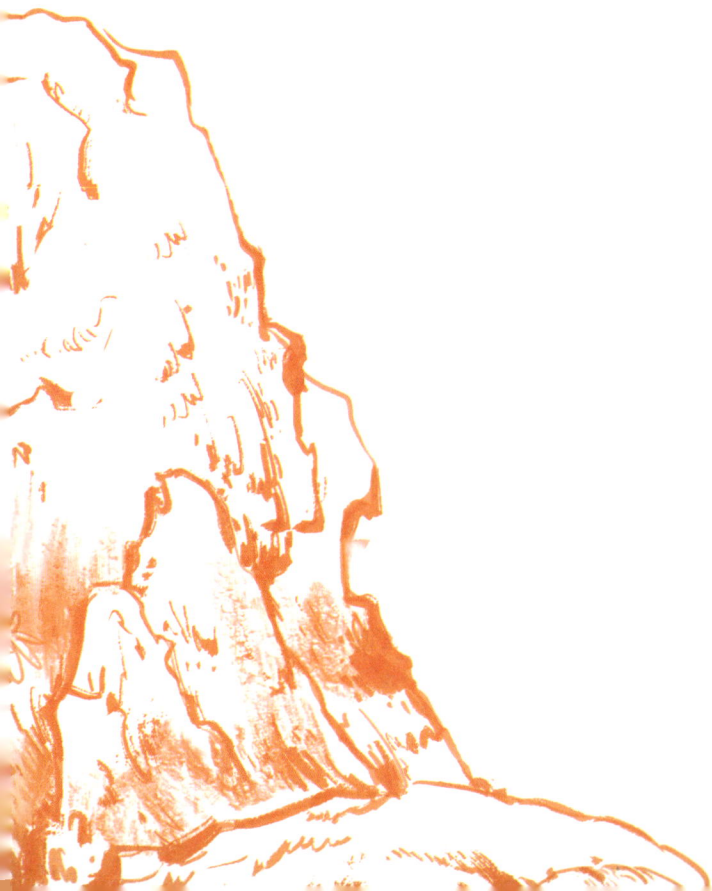

名

棋局

出处

唐代柳祥《潇湘录·马举》

古人称棋盘为“棋局”。

唐代时，马举镇守淮南，有个人将一个镶嵌着珍珠宝石的棋盘献给他。马举给了那人很多钱，便把棋盘收下了。

过了几天，棋盘忽然不见了。马举叫人寻找，但没有找到。

一天，忽然有一个拄着拐杖的老头来到门前求见马举。老头谈论的大多是兵法，造诣很深，马举听得入了迷。

老头说：“当今正是用兵的时候，你为什么不研究战略战术呢？你要能防御敌寇的入侵，若不这样，你镇守此地又有什么作为呢？”

马举说：“我忙于治理地方百姓，实在没有时间研究兵法战策，幸亏先生屈尊赶来，还请你多多指教。”

老头说：“兵法不可废，荒废了就会产生混乱，混乱会导致百姓贫困疲惫，那时候再去治理就困难了。何不先来治兵呢？治兵以后将校精干，将校精干以后士兵勇敢。作为将校，得能识别虚实，明辨人心的向背，敢于冒险冲锋，拼杀格斗。而士兵呢，要不怕赴汤蹈火，能出生入死，不临阵逃跑。现在你既然位列藩镇，身为主帅，就应具备帅才而不可失职。”

马举说：“那我应当干些什么呢？”

老头说：“像你这样做主帅的，一定要首先夺取有利地势，其次是对付敌军。对待士卒要真诚，一定先考虑他们的生死；行军之时一定要先想好进退。说到破关打阵，以及军中的其他事情，也都不可忽视。还有为了保全一小部分反而损失大部、急躁杀敌反而屡次失败的情况，也要引以为戒。占据险要的地势，布置疑惑敌人的兵力，妙在急速进攻，不可疑心过重或优柔寡断。强弱险易相差悬殊无法前进时，要寻求退路，保存力量。骄兵必败，不可轻敌。如果能深刻地领会和掌握这些原则，便是具备了做主帅的知识。”

马举受益匪浅，敬佩得五体投地。他询问老人是哪里人，并问他为什么在兵法上有如此深的学问。

老头说：“我住在南山，自幼就喜欢新奇的东西，人们都认为我胸怀韬略。因为我屡经战事，所以熟悉用兵之法。我今天所说的，都是用兵打仗的要点，希望能对你有所帮助。”说完，老头就要告辞，马举坚决挽留，把他请到馆驿休息。

到了晚上，马举叫手下去请老头，只见室内有一个棋盘，就是马举先前丢失的那个。

马举这才知道那老头是精怪，就命令手下用古镜照它。棋盘忽然跳起来，落到地上摔碎了。马举惊讶万分，让人拿出去，将它焚烧了。

名

斗鼎

出处

唐代郑处诲《明皇杂录》卷上

唐代有个人叫李适之，出身唐代宗室，是唐太宗李世民的曾孙、李承乾的孙子，很有才干，一路当上了唐朝的宰相。

李适之出身高贵，性格豪爽，常把鼎摆在庭前，用它们来准备饭食。

一天早晨，院中的鼎突然跳起来互相打斗，家童赶紧报告给了李适之。李适之来到院中，摆酒祭祀，但鼎还是打斗不止，由于打得过于激烈，一些鼎的耳和脚都被打落了。

第二天，李适之就被罢了相，改任太子少保。当时人们觉得他的祸事还远没有停止。

不久，他被李林甫陷害，贬为宜春太守。李适之的儿子李霅时任卫尉少卿，也被贬为巴陵郡别驾。李适之到了宜春，不到十天就死了。当时人们认为他是被李林甫迫害死的。

李霅到宜春要把父亲的灵柩运回京都，李林甫怒气未消，让人诬告李霅，在河南府把他打死了。

后来，人们觉得那些鼎相互打斗，似乎是在预示着什么，也都为李适之的死而感到惋惜。

名

画精

出处

清代纪昀《阅微草堂笔记》卷十二《槐西杂志二》

第〇五六号

清代有一户人家，家中挂着一幅《仙女骑鹿图》，画上题款是一个名为赵仲穆的人，也不知道是不是真迹。

赵仲穆，名雍，是赵孟頫的儿子，擅长丹青，书法也闻名天下。

这幅《仙女骑鹿图》，画得栩栩如生，意境高远，每当屋子里没人的时候，画中的仙女就会从画中走出来，在墙壁上行走，远远看去，就像是皮影戏。

一天，这家人偷偷将长绳子系在画轴上，等到仙女离开了画，便将画扯了过来。那仙女就留在了墙上，她的色泽刚开始还很鲜艳，但慢慢越来越淡，过了半天，仙女就彻底消失不见了。

北魏有个叫元兆的人，在云门黄花寺捉住了一个画精，情况和上述故事类似。元兆捉住画精后问它："你被人画在纸上，没有形体，不过是虚空而已，怎么会变成妖精呢？"画精回道："我的形体虽然是画出来的，却是按照人世间的形象画的，画师如果技艺高超，那我就会产生神智。"

听起来，画精说得很有道理，不知道元兆最后有没有放了它。

名

缆将军

出处

清代袁枚《子不语》卷十八《缆将军失势》

第〇五七号

鄱阳湖里面的船只碰到大风的时候，人们经常会看见一条黑龙一般的大缆绳呼啸而来。只要它出现，定然船毁人亡，所以人们都称其为缆将军，年年祭祀它。

清代雍正年间，鄱阳湖大旱，湖水干涸。水面回落后，有条腐朽的巨大缆绳出现在沙地上。周围的农民看见了，就架起柴火烧了它。焚烧的时候，缆绳流出来了很多血。

从此之后，鄱阳湖里就再也没有出现过缆将军，人们也就不再祭祀它了。

名

老面鬼

出处

清代沈起凤《谐铎》卷三《老面鬼》

第〇五八号

清代有个叫张楚门的人，在洞庭湖的东山教书。

一天晚上，他在和一帮学生谈论诗文时，看到窗棂下面有个鬼把脑袋伸了进来。刚开始的时候，这鬼的脸只有簸箕大小，然后变成了锅底那么大，最后大如车轮。它的眉毛如同扫帚，眼睛如同铃铛，颧骨凸出，脸上满是尘土。

张楚门看了微微一笑，取来自己的著作，对它说："你认识上面的字吗？"

鬼不说话。

张楚门又说："既然不识字，何必装出这么大一张脸来？"

说完，张楚门伸出手指弹鬼的脸，砰砰作响，便大笑道："脸皮这么厚，难怪你不懂事。"

鬼十分惭愧，顿时缩成了豆子一般大小。

张楚门对旁边的学生们说："我看它虽然装出这么大的一张脸，却是一个不要脸皮的家伙。"

说罢，张楚门抽出佩刀砍了过去，那鬼发出一声轻响倒在地上。张楚门上前拾起来，发现竟然是一枚铜钱。

名

裂娘

出处

明代刘玉《巳疟编·袁著》

第〇五九号

明代，信州（今江西上饶）有个人叫袁著，一天晚上他在经过一座荒废的宅院时，遇见一个黑脸女子。这女子自称裂娘，扎着双髻，穿着红色的衣服，戴着一副金耳环，和袁著说着话，突然又不见了。

袁著既疑惑又害怕，不敢住在此处，急忙到朋友家借宿。

第二天，他来到那座废宅寻找，在灰尘里看见一件红色的衣服，拨开，找到一把剪刀，才知道昨天遇到的女子便是这把剪刀在作怪。

名

履精

出处

唐代薛用弱《集异记·补编·游先朝》

第〇六〇号

唐代，广平（今河北邯郸东部）有个人叫游先朝，看见一个穿红裤子的人，知道是鬼怪，就用刀砍它。

游先朝过了好一会儿去看，发现那原来是自己经常穿的鞋。

名

门扇

出处

唐代戴孚《广异记·韦琼》

第〇六一号

唐代乾元年间，江宁（今江苏南京江宁）县令韦谅忽然在堂前看见一个小精怪，用下嘴唇盖着脸，来到放灯的地方，离去了又跑回来，如此循环往复。

韦谅觉得奇怪，就派人去追它。它跑出去后就消失在台阶下了。

第二天早晨，韦谅让人在它消失的地方挖掘，挖到了一块旧门扇，长一尺多，上部像荷叶卷起的形状。

名

墨精

出处

唐代冯贽《云仙杂记》卷一《黑松使者》

第〇六二号

唐玄宗李隆基御案上用来书写的墨，被称为龙香剂。

有一天，唐玄宗看到墨块上有个小道士，大小如同苍蝇一般，在上面嬉戏。唐玄宗呵斥了一声，这东西立刻跪拜，称道：“万岁，臣是墨精，也被称为黑松使者，凡是世间有文采的人，使用的墨块上都有十二个叫龙宾的守墨神灵。”

唐玄宗觉得很神奇，就将这个墨块赏赐给了手下的文官。

名

泥马

出处

宋代李昉等《太平广记》卷第四百三十六《畜兽三·马·王武》(引《大唐奇事》)

第〇六三号

唐代，洛阳有个叫王武的人，是个富豪，但人品低下，尤善阿谀奉承，攀附权贵，周围的人都很鄙视他。

一次，他看到有人在卖一匹骏马，就让仆人付了大价钱，从众多买家的手中争了过来，准备献给高官。那匹马洁白如雪，鬃尾赤红，日行千里。有的人说它是千里马，有的人说它是龙驹，纵横驰骋，一般的马根本赶不上。

王武准备把骏马献给大将军薛公，就命人给它安上金鞍玉勒，用珍珠翡翠点缀，装饰得华贵无比，心想着大将军见到这样的骏马，一定很高兴。没想到，正准备着呢，那马突然在马厩里大叫一声，变成了一匹泥马。

王武惊讶异常，但也没办法，只能自认倒霉，又担心不吉利，便把它焚烧了。

人们都说，这是老天对王武趋炎附势的惩罚。

名

漆鼓槌

出处

南北朝吴均《续齐谐记·笼歌小儿》

东晋桓玄那时候，在朱雀门下，忽然出现了两个通身黑如墨的小男孩，一唱一和地吟唱《芒笼歌》。这两个小男孩不仅长得好看，而且歌声婉转动人，引得路边几十个小孩跟着唱。周围的人也都来看热闹，事情传得沸沸扬扬。

他们唱的歌词是这样的："芒笼首，绳缚腹。车无轴，倚孤木。"

歌声哀伤凄楚，让人听了沉溺其中，不忍离开。

天眼看要黑了，两个小男孩回到建康县衙，来到阁楼下，变成了一对漆鼓槌。

打鼓的官吏说："这鼓槌放置好长时间了，最近常常丢失了又回来，没想到它们变成了人！"

第二年春天，有消息传来：桓玄兵败身死。人们这才明白过来，那首歌中的"车无轴，倚孤木"，就是个"桓"字。

荆州那边的人把桓玄的头颅送回来，用破败的竹垫子包裹着，又用草绳捆绑他的尸体，沉到了大江之中，和歌谣里唱的一模一样。

名

新妇子

出处

唐代戴孚《广异记·韦训》《卢赞善》
唐代张鷟《朝野佥载》卷六
五代王仁裕《玉堂闲话》

唐代，京兆人韦训闲暇之日在自己家的学堂里读《金刚经》。忽然，他看见学堂外有一个穿粉红色衣裙的妇人，身体有三丈多高，跳墙进来，远远地伸手去抓学堂中的教书先生。教书先生被她揪住头发拽到地上来，她又伸手来捉韦训，韦训用手抱起《金刚经》遮挡身体，仓促躲开了，才得以幸免。

教书先生被妇人拽到一户人家中，这家人看到了，赶紧跟在后面喊叫，妇人这才不得不丢掉教书先生，仓皇跑进一个大粪堆里，消失了。

教书先生被那妇人勒得舌头吐出来一寸多长，全身的皮肤呈现蓝靛色，已经奄奄一息了。这家人把他扶到学堂里，过了好长时间，他才醒过来。

韦训领人去挖那个粪堆，指挥大家往下挖掘，挖到几尺深时，发现了一个布做的新妇子（年轻貌美的女子）。韦训把它带到十字路口烧掉，那妖怪就灭绝了。

也是在唐代，有个叫卢赞善的人。家里有一个用瓷做的新妇子，卢赞善十分喜欢。

放了几年，他的妻子开玩笑地对他说："你这么喜欢这个瓷娃娃，干脆让它给你当小老婆吧！"听了妻子的话之后，卢赞善精神变得恍恍惚惚，总能看到一个妇人躺在他的帐中。时间长了，他料到这是那个瓷做的新妇子在作怪，就把它送到寺院里供养了起来。

寺里有一个童子，早晨在殿前扫地，看见一个妇人。童子觉得奇怪，以前从来没有见过这个人，就问她从哪儿来，她说她是卢赞善的小老婆，被大老婆嫉妒，就被送到这儿来了。

后来童子见卢家人来，就说起这件事。卢赞善让人把那个瓷做的新妇子打碎，发现它心头有个血块，有鸡蛋那么大。从那以后，就再也没有怪事发生了。

唐代，越州（今浙江绍兴）兵曹柳崇的头上忽然生了个疮，难受得他一个劲儿地呻吟，痛苦不堪。

家里人觉得他的疮生得蹊跷，不像正常的病症，便找来一个术士在夜里观察，看是不是邪物作祟。

术士做法之后，说：“是一个穿绿裙子的女人在作祟，我让她放过你，她不答应。她就在你屋子窗下，应该赶紧除掉她，否则你的麻烦就大了。”

柳崇赶紧到窗下查看，只看见一个瓷做的女子，还被刷上了绿釉，容貌娇美。柳崇把它放到铁臼中捣碎，过了不久，疮就好了。

五代时，南中（今云南、贵州和四川西南一带）这个地方有座寺院，里面供奉着一尊九子母像，造型和服装都很奇特。

有个信徒年纪不大，却很虔诚，自愿来到寺庙里帮忙。待了几年之后，这人变得瘦弱不堪，神智也恍恍惚惚。僧人们觉得很奇怪，就对他特别留意。

有一次，寺里有个僧人无意间发现这个信徒一到晚上就进入供奉九子母像的房间里，不多时，出现了一个美丽的妇人，和他同床共枕。那个妇人的装扮与神态，和九子母像十分相似。

僧人们知道是九子母像在作怪，就把它毁了。

从此，那个妇人再也没有出现，这个信徒的病也好了。信徒知道这件事后，便在这座寺庙里当了和尚。

名

石孩

出处

宋代鲁应龙《闲窗括异志》

第〇六六号

宋代时，嘉禾县北门有座桥，因为桥栏四角都立着石头刻成的小孩，所以得名“孩儿桥”，人们都不知道这桥是什么时候建的。

这些石孩建造年代久远，历经风吹日晒，吸取天地精华，沾染红尘人气，便经常出来作怪。有时候晚上敲打人家的门窗求吃的，有时候到夜市上玩耍，当地人经常看见他们。

有天晚上，有个胆子大的人偷偷观察，看见两三个石孩从石桥上慢慢跑下来。

这人大喊：“有鬼！”然后拿着刀追赶到石桥上，砍掉了石孩的脑袋。

自此之后，石孩再也没有出现过。

名

骰精

出处

唐代张读《宣室志·补遗·张秀才》

第〇六七号

唐代，东都洛阳陶化里，有一处空宅院。

大和年间，张秀才借住在这个地方修习学业，常恍恍惚惚感到不安。想到自己身为男子，应该慷慨磊落有大志，不应该软弱，于是他就搬到中堂去住。

夜深躺在床上的时候，张秀才看见和尚、道士各十五人，从中堂出来，模样高矮都差不多，排成六行。他们的威严、仪态、容貌、举止都让人心生敬意。

秀才以为这是神仙聚会，不敢出声，就假装睡着了，暗中观察。许久，另有两个东西来到地上，它们各有二十一只眼睛，内侧有四只眼，尖尖的，灼灼放光。

那两个东西互相追赶，目光耀眼，身体飞快旋转，发出清脆的碰撞声。随着它们的旋转，和尚、道士也开始动了起来，他们有的奔有的跑，有的东有的西，有的南有的北，然后相互打斗起来。

过了一会儿，一个东西说道："行啦，停下来吧！"

和尚、道士便都立刻停止了打斗。

两个东西相继说道："这帮家伙之所以有这样的神通，都是因为我们俩调教得好！"

张秀才看到这里，才知道这两个东西是妖怪，于是把枕头扔过去，那两个东西与和尚、道士全都被吓跑了。它俩边跑边说："赶紧跑，不然我们会被这个穷酸秀才抓住的！"

第二天，张秀才四处寻找，在墙角找到一个烂口袋，里边有三十个赌博用的筹码，还有两个骰子。

名

枕勺

出处

晋代干宝《搜神记》卷十八《枕勺》

第〇六八号

曹魏景初年间，咸阳（今陕西咸阳）县吏王臣家里出现了怪事，无缘无故地会有拍手和呼喊的声音，可留神查看却什么也看不见。

有一天，王臣的母亲夜里干活干累了，就靠在枕头上睡觉。过了一会儿，王臣听见锅灶下有喊声：“文约，你为什么不来？”他母亲头下的枕头发出声音说：“哎呀，对不起，我被枕住了，不能到你那边去。你可以到我这儿来喝水。”

天亮后，王臣一看，锅灶下跟枕头说话的，原来是饭勺。

王臣就把它们放在一起烧掉了，家里的怪事从此也就没有再发生了。

名

帚精

出处

唐代段成式《酉阳杂俎·前集》卷十四《诺皋记上》

明代吴敬所《国色天香》

第〇六九号

唐代时，郑余庆在梁州（今陕西汉中）的时候，与龙兴寺里一个叫智圆的和尚关系不错。智圆擅长用法术制邪理痛，多有奏效，每天都有几十人等候在门口。

智圆老了，觉得自己气力日渐衰竭，没有办法继续施展法术了。郑余庆很敬重他，就在城东的空地上盖了一间草房给他居住，还派了一个小和尚和一个仆人服侍他。

几年之后，一天，智圆闲暇无事，坐在外面晒着太阳剪脚指甲。有一个很端庄的妇人来到他面前行礼，哭着说："我很不幸，丈夫死了，儿子还小，老母亲病得很重。知道大师您的神咒能助我一臂之力，特来向您寻求救护。"

智圆说："我本来就讨厌城里的喧闹，所以才搬到这边。我不想再去城里，如果你的母亲病了，可到这里来，我给她疗理一下。"

妇人又再三哭着求情，说母亲病得危急，连走路都走不了。智圆觉得她实在可怜，便答应了。

妇人说，从此地向北二十多里，到一个小村，村附近有个鲁家庄，只要打听韦十娘住的地方就行了。

智圆第二天早晨起来，按照妇人说的，向北走了二十多里，却没有找到那个庄子，只得垂头丧气地回来。

第三天，妇人又来了。智圆责备她说："我昨天远道去赴约，没有找到你说的地方呀！你怎么能骗我呢？"

妇人说："现在我住的地方只离大师去的地方二三里了，是大师您疏忽了。大师，您慈悲为怀，请您一定要再走一趟。"

智圆生气地说：“老僧我身老力衰，如今坚决不出去了！”

妇人突然发起火来，说：“救人一命胜造七级浮屠，你竟然以这样的借口不去救命，慈悲在哪里呢？今天，你非去不可！”

说完，妇人冲上去拽智圆的胳膊。智圆惊慌失措，怀疑她不是人，拿起小刀刺她。妇人应声而倒，智圆一看，中刀的竟然是服侍自己的小和尚，而且已经死掉了，便赶紧和仆人把小和尚的尸体埋在水缸下。

小和尚是本村人，家离智圆住处不远。事情发生的那一天早上，小和尚的家人在田间劳作，有一个穿黑衣、背褐色包袱的人到田间来讨水喝，说了这件事。小和尚全家人哭号着来到智圆住处。智圆吓得够呛，骗对方说小和尚出门了。小和尚的父亲根本不相信，带着家人查找，最后找到了小和尚的尸体，扯着智圆告到了官府。

郑余庆听说了此事之后，非常吃惊，派捉拿盗贼的官吏细查此案。

老和尚把事情说了一遍，又道：“我一生擅长法术，用法术杀死了不少精怪，这是我欠的一笔老账，看来是报应到了，只得一死了！”

杀人偿命，天经地义，大家都觉得智圆杀了人，应该被处死。只是智圆要求七天后再处死他，他要用这七天来念咒忏悔。

郑余庆可怜他，就答应了。

智圆沐浴设坛，用法术查访那个妇人，同时念诵咒语。第三天，那个妇人出现在坛上，说：“我们修行不易，你不分青红皂白，动不动就用法术杀我们，实在是太过分了。小和尚并没有死，如果你发誓从此之后不再使用法术，我就把他还给你。”

智圆听了，诚恳地发了誓，答应今后再也不用法术了。

妇人高兴地告诉他，小和尚在城南某村的古墓里。

智圆急忙将此事告诉了郑余庆，郑余庆派人按照那妇人讲的去找，果然在古墓里发现了小和尚。而原先小和尚的尸体，则变成了一把笤帚。

从此之后，智圆就再也没有使用过法术。

明代洪武年间，本觉寺有个年轻僧人，叫湛然，长得唇红齿白，英俊无比。

湛然的僧房位于寺庙的角落，很僻静。有一天，太阳即将落山，湛然坐在庭院中欣赏美景，忽然来了一个美丽的女子，身姿婀娜，虽然没有佩戴什么首饰，但容貌倾国倾城。

湛然刚想问她的来历，结果女子突然就不见了。第二天，湛然又见到那女子飘忽而过。湛然很喜欢她，赶紧起身去追，结果这女子又消失不见了。

如此情景，让湛然对其朝思暮想。又两日后，湛然再次发现了她，赶紧抓住她的衣服，诉说自己的思念之情。女子刚开始的时候很拘谨，后来二人聊天，情投意合，她就留了下来。

湛然问这女子的名字和家里的情况，女子说：“我家在寺庙的隔壁，从小父母就很疼爱我。我喜欢上一个人，所以才偷偷跑出来，想不到在这里碰上了你。这件事你不能告诉别人，否则你和我的名声可就要毁了。”

湛然连连点头，答应了。自此之后，二人每天都待在一起。

过了一段时间，湛然变得无精打采，身体枯瘦，找了很多医生都没有治好。

寺里面有个年老的和尚对他说：“我给你诊脉，发现你被邪气侵犯，赶紧说说这到底是怎么回事，否则你性命不保。”

湛然吓得够呛，不得已，把事情告诉了老和尚。

老和尚说：“那女子肯定是个妖怪！不消灭她，你的病是不会痊愈的。如果她再来，你跟着她，看她到底藏在什么地方。只要找到她的藏身之处，我们就可以施展法术捉住她了！”

湛然记住了老和尚的话。

这天晚上，女子要离开时，湛然诚恳地提出要送女子回家。女子说：“不必了。”湛然见女子态度坚决，只能作罢。

第二天，湛然将事情告诉老和尚，老和尚说：“下次她再来，你如同往常一样对待她，然后偷偷拿一样东西放在她身上作为标记。我们藏在屋外，等她打算离开时，你击打房门，听到声响我们就悄悄盯着她，一定会发现她的藏身之处！”

湛然觉得老和尚说得很有道理，一一答应。

第三天黄昏，湛然独自躺在床上，那女子果然推门进来。天快亮时，听到外面的鸡叫声，女子赶紧起身准备离开。湛然在她的头发上偷偷插了一朵花，然后在分手时敲了三下房门。

老和尚领着众僧人埋伏在外面，听到敲门声后看到那女子款款离开。僧人们赶紧敲响金刚铃，念诵咒语，然后拿着法杖、法物追赶，一直追到方丈住房后面的一个小房间外，那女子突然消失不见了。

这个房间是寺庙里的祖师圆寂坐化之处，每年只能在祭祀时开启一次，其他的时间都是贴上封条，禁止出入的。

僧人们知道那女子肯定躲到里面去了，便打开房门，进去搜索。可是里面根本没有什么人，只看到房间西北佛橱后面微微闪着光。

僧人们走过去，看到一把笤帚上插着一朵花，正是湛然插的那朵。

大家把笤帚烧掉了，女子再也没有出现，湛然的病不久后也好了。

名

镜姬

出处

清代长白浩歌子《萤窗异草·二编》卷二《镜中姬》

第〇七〇号

清代时，淮上县（今安徽蚌埠）有个叫俞逊的人在别人家当上门女婿，妻子沈氏很是貌美，喜欢打扮，而且性格强势，不允许俞逊纳妾。

自从俞逊入赘后，夫妻二人情投意合，举案齐眉，倒也很是甜蜜，邻居们看到了都很羡慕。

沈家很有钱，家里收藏着一面古铜镜，据说是唐宋年间的物品。这面镜子在俞逊妻子手里，不轻易示人。俞逊听说了，想看看，就向妻子索取，几次都被妻子拒绝了，他很不甘心。

有一天晚上，家中进了小偷，其他东西都没丢失，唯独少了那面镜子。家人很奇怪，认为那小偷非同一般，肯定是知道这玩意是个宝贝，所以专门来盗走。

过了一段时间，俞逊到集市上买东西，见一个卖镜子的老头拿着一面铜镜，铜镜看起来很古老，形制也很奇特，便上前问了价格。

老头报了价格，俞逊觉得很便宜，便买下这面铜镜，带回了家。

妻子正在屋里对着镜子化妆，俞逊拿出刚买的古镜，得意扬扬地对妻子说：“家里先前的那东西，不过是块废铜，你还视若珍宝！你看看这面镜子，我刚刚在集市上买的，才花了一百文钱，多好！”

妻子拿过来一看，惊呼：“这正是家中丢失的那面镜子呀！你从哪里得来的？”

俞逊把事情说了一遍，妻子拿着镜子照了照，忽然变得很害怕，大声喊道：“你是何人？”

镜子也发出声音：“你是何人？”

过了一会儿，镜子又说：“我是郎君的小妾！”

妻子吓得把镜子扔在地上，说：“吓死我了！”

那镜子也发出声音：“吓死我了！”

俞逊很吃惊，拿起镜子，看见里面站着一个女子，容貌绝代，妻子和她完全不能比。

俞逊就问对方的来历，镜姬说：“我是五代时朱全忠宠爱的小妾，后来死于乱军之中，遇到仙师，用我的血铸造了这面镜子，我的灵魂附于其中，已经有几百年了。听说郎君你风雅无比，我愿做你的小妾。”

俞逊问：“你不会害我吧？”

镜姬说：“不敢为祸，我只想伺候你，也不会与正室争宠。”

俞逊很高兴，就问镜姬会什么，镜姬说她的歌舞很好。

于是，俞逊就把镜子立起来，夫妻二人一起听镜姬唱歌，果然是余音绕梁。自此之后，夫妻二人就和那镜姬一起生活。

过了一段时间，俞逊和沈氏都病了，而且十分严重。俞逊的岳父听说后，拿来镜子，大骂镜姬，并将镜子锁在铁箱之中。接着，岳父又找来医生为俞逊和沈氏医治。过了半年，俞逊夫妇病才好。

后来，岳父死了，那镜子也就不知所在了。

名

婆女

出处

明代徐应秋《玉芝堂谈荟》卷十三《釜甑鬼》

第〇七一号

釜甑[1]鬼，名为婆女，凡是遇到釜甑鸣叫，喊它的名字婆女，就不会发生祸事。

❶ 古代的炊煮器物。

名

梳女

出处

唐代戴孚《广异记·范俶》

器物篇

第〇七二号

唐代，有个叫范俶的人，广德年间在苏州开酒馆。

一天晚上，有个长得十分美丽的女子从门前经过。范俶很喜欢她，就让那个女子住下来，女子刚开始不肯，后来就答应了。

范俶点亮蜡烛，见女子用头发盖住脸，背对着他坐着。

天还没亮，女子就要离开，起身时，说自己丢了梳子，怎么找也找不到，又急又气，临别之时，在范俶的手臂上狠狠地咬了一口。

天亮之后，范俶在床前发现了一把纸做的梳子，心里很惊慌。

不久，范俶身体疼痛红肿，过了六七天就死了。

名

船灵

出处

唐代段公路《北户录》卷二《鸡骨卜》

唐代时，船工会在开船前杀鸡，用鸡骨占卜，然后用鸡肉祭祀船灵。

还有人说，船灵名为冯耳，下船后三拜，叫它的名字三声，能祛除灾邪。也有人称船灵为“孟公孟姥”或者“孟父孟母”，孟公名为板，孟姥名为履；孟父名为帻，孟母名为衣。

名

亡人衣

出处

南北朝刘义庆《幽明录》卷六

清代李庆辰《醉茶志怪》卷二《衣怪》

清代纪昀《阅微草堂笔记》卷六《滦阳消夏录六》

衣服是人的贴身之物。古代传说人死之后，尤其是有怨念的人，灵魂就会附在衣服上作祟。如果是自己的衣服，人即将死的时候，因为阳气衰竭，衣服也会作祟。

张华是西晋时期著名的政治家、文学家，是张良的十六世孙、唐朝宰相张九龄的十四世祖，后来赵王司马伦发动政变，把他杀害了。

张华被处死前，刮了一阵大风，吹走了他衣架上的衣服，其中有六七件像人一样直立地靠在墙壁上。

清代有个叫张衣涛的人，即将要嫁女儿。家人把女儿的嫁衣放在床上，嫁衣忽然自己坐起来，如同里面有人穿着一般。女儿吓得跑走，衣服跟在后面穷追不舍。人们听到动静赶过来，衣服才突然倒地。女儿没出嫁就死掉了。

也是在清代，有个叫郭式如的人，在北京的市场上买了一件丝绸的袍子，放在凳子上，那衣服突然如同人一样坐了起来。郭式如检查那件衣服，发现领子上有血痕，有可能是曾经被处死刑的人穿过的衣服，就将其丢弃了。

清代有个叫傅斋的人，在集市上买了一件惨绿色的袍子。有一天，傅斋锁门出去，回来的时候发现钥匙不见了，以为丢在床上，就站在窗边往里看，结果看到这件袍子竟然直直地站立在屋中，就如同有人穿着一般。傅斋吓得大叫起来，急忙叫来仆人。大家商量，觉得还是将其烧掉为好。

有个叫刘啸谷的人这时候正好在傅斋的家里。他

说："这肯定是亡人衣。人死掉了，魂附在衣服上。鬼是阴气凝结所成，见到阳光就会散去，放在阳光下暴晒就好了。"

于是，傅斋让人把这件袍子放在太阳底下反复晒了几天，再放在屋子里，让人偷偷地查看，发现衣服没有直立起来，也再没发生什么怪异之事。

怪物篇

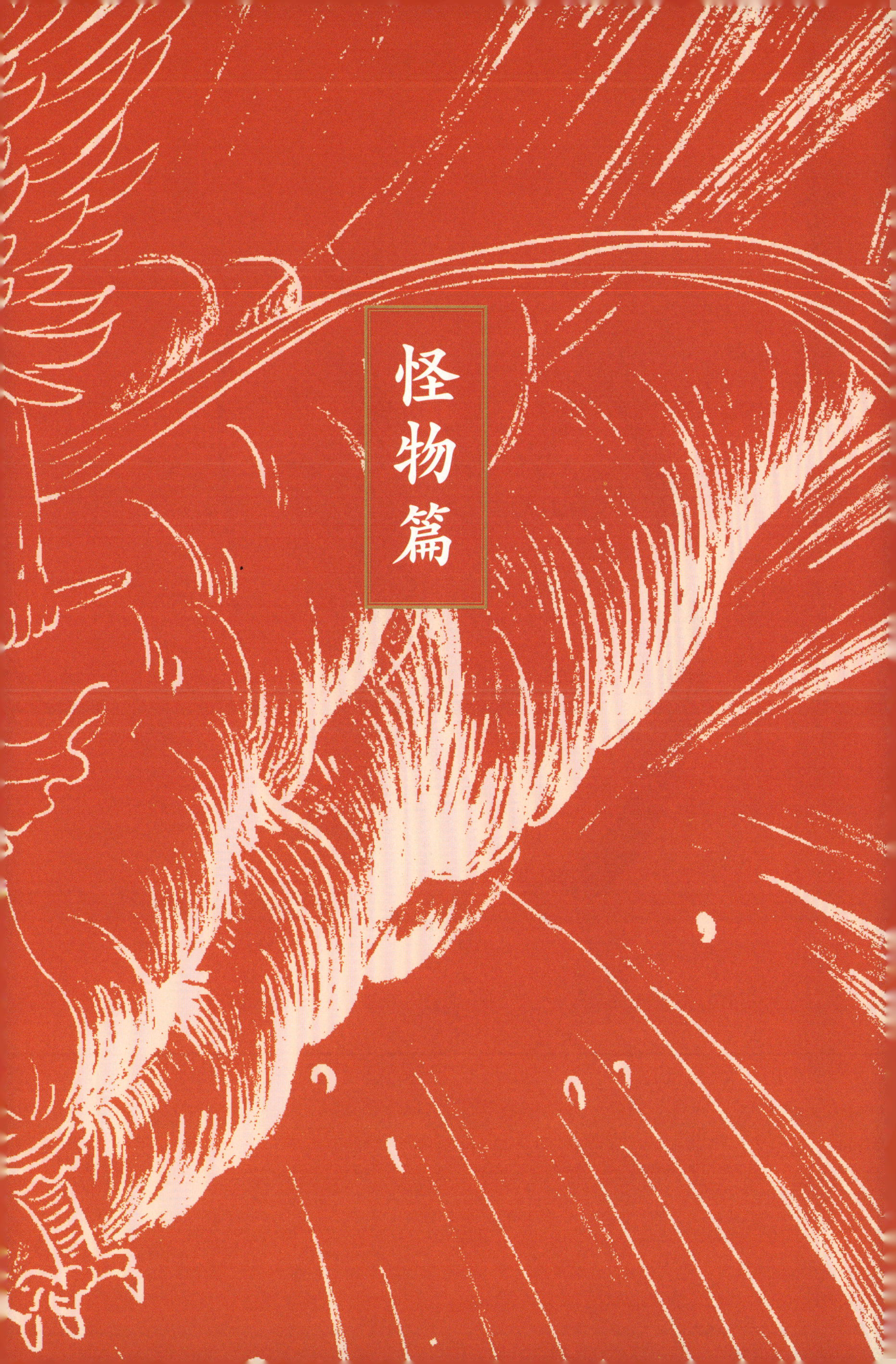

名

蚌夜叉

出处

清代袁枚《子不语》卷十八《方蚌》

第〇七五号

清代，有个人在福建的一个出海口附近砍柴，来到一座山上，看见山涧里到处是蚌，大的有一丈宽，小的也有几尺宽，层层叠叠，密密麻麻，数不胜数。

这个人觉得很奇怪，正要走，忽然看见一个蚌张开了壳，里面躺着一个夜叉一般的蓝脸人。看到樵夫，夜叉想起身前来捉住樵夫，不料无法脱身，大概是因为它的身体长在蚌壳上，所以不能脱壳而出吧。

过了一会儿，这些蚌都张开了壳，里面都有这样的夜叉一般的蓝脸人。

樵夫仓皇逃窜，听到身后传来噼里啪啦的声音，回头一看，那些蚌都跟了过来。他跑到海边，正好遇到一艘船，赶紧喊救命。船上的人听到了，提着大斧头来帮忙，救了樵夫。他们抓住了一个大蚌，敲碎壳，里面的蓝脸人也死掉了。带回来给别人看，没人知道这玩意儿是怎么回事。

名

厕怪

出处

晋代陶潜《续搜神记》卷七《壁中一物》

唐代牛肃《纪闻》卷七

第〇七六号

古代人认为厕所是一个阴暗污秽之地，而且往往位于家里偏僻的地方，所以经常会出现很多妖怪，其中一种叫作厕怪。

南北朝时，襄城（今河南襄城）有个叫李颐的人，他的父亲向来不相信妖魔鬼怪，所以就以便宜的价格买了一所凶宅。

有一天，李父去上厕所，看到里面有个怪物，如同竹席那么大，高五尺多。

李父拔出刀砍了过去，怪物被劈成两半，上半部分掉下来，变成了两个，再横砍一刀，又变成了四个。这时，怪物夺过李父的刀，把李父杀死了，然后拿着刀闯入李颐家里，杀死了很多人。

唐代，楚丘（今河南商丘、山东菏泽一带）的主簿王无有新娶了个妻子。妻子虽然漂亮但喜欢吃醋，嫉妒心很强。

一次，王无有病了，要去厕所，却浑身无力，想让侍女扶他去，妻子不答应。王无有只能一个人去厕所。他看见里面有个东西背对自己坐着，皮肤很黑，而且长得很健壮。

王无有以为是家里的仆人，就没有在意。过了一会儿，他正在方便时，这个东西转过头，只见它眼睛深凹，鼻子巨大，虎口鸟爪，面目狰狞。

怪物对王无有说："把你的鞋给我。"

王无有很害怕，还没来得及回答，那怪物就直接拿下了他的一只鞋，放在嘴里嚼，像吃肉那样，鞋被嚼得冒出了血。

王无有惊魂未定，赶紧回去告诉妻子，并责怪她说：“我有病到厕所，仅仅想让侍女扶一下我，你就坚决阻拦。这下果真遇到妖怪了！”

妻子还不信，就拉着他一起去看。到厕所时，妖怪又出现了，夺了王无有的另一只鞋，丢进嘴里嚼。

王无有的妻子也吓坏了，赶紧拉着丈夫跑了回来。

过了一天，王无有到后院，那怪物又出现了，对王无有说：“来来来，我把鞋还给你。”说完，就把鞋扔在王无有旁边，奇怪的是，鞋并没有损坏。

王无有请来巫师，想搞清楚这到底是怎么回事。

巫师做了法，和怪物沟通，怪物对巫师说：“王主簿官禄到头了，还有一百来天活头，不赶紧回老家，就会死在这里。”

于是王无有赶紧回了老家，到一百天的时候，果然死了。

名

蛊

出处

晋代干宝《搜神记》卷十二《荥阳蛇蛊》

晋代荀氏《灵鬼志》

清代袁枚《子不语》卷十四《蛊》、卷十九《蛤蟆蛊》

第〇七七号

蛊是一种用特殊方法经长年累月精心喂养而成的毒虫，传说可大可小。蛊术近乎一种巫术，而蛊也一向被认为是一种妖怪。

晋代时，河南荥阳有个姓廖的人家，辈辈以养蛊为生，并以此致富。后来廖家娶进来一个新媳妇，事先没告诉她家中养有蛊虫。

这天，家里人都外出了，留新媳妇看家。她见屋里有口大缸，打开一看，里面有条大蛇，就跑去烧了一锅开水，倒进缸里把大蛇烫死了。等家里人回来，新媳妇说了这事，全家又吃惊又惋惜。

没过多久，全家人就染了瘟疫，几乎都病死了。

当时剡县（今浙江嵊州）也有一家人专门养蛊，凡是到他家去的客人，吃了他家的饭，喝了他家的水，就会吐血而死。

有一个法名叫昙游的和尚，持戒很严，恪守清规。听说这件事后，昙游和尚就到这家去看。主人给他端来食物，他就念起咒来。不一会儿，就见一对一尺多长的蜈蚣从饭碗中爬出来，和尚这才把饭吃了，而且什么事也没有。

据说，清代时，云南几乎家家养蛊，蛊排泄出来的东西是金银，因此养蛊的人收获颇丰。每晚放蛊出去，蛊虫飞舞时，火光如电。如果人聚在一起大声叫喊，可以让蛊坠落。那些蛊有的是蛤蟆，有的是蛇，各种各样。

据说，蛊喜欢吃小孩，所以很多人家会把小孩藏好，担心被蛊吃了。

养蛊的人家里会专门为蛊建造密室，让妇女去喂养。蛊如果见到家里的男人，就会死掉。传说吃掉男人的蛊会拉出金子，吃掉女人的蛊会拉出银子。

也是在清代，有个叫朱依仁的书生，因为擅长书法，被广西庆远知府陈希芳招为幕僚。

一年盛夏，陈希芳召集大家一起喝酒。入席后，大家纷纷摘掉帽子。这时，有人看见朱依仁的脑袋上蹲了一只大蛤蟆，把它打落，它掉在地上就消失不见了。

喝到半夜，蛤蟆又出现在朱依仁的脑袋上，朱依仁却一点儿都没觉察到。旁边有人又将它打落，它就吃掉了酒席上的佳肴，再次消失了。

朱依仁回去睡觉后，觉得脑袋上发痒，第二日，头顶上的头发全部脱落，长出一个红色的大瘤子，忽然皮开肉绽，一只蛤蟆从里面伸出头来，瞪着眼睛。蛤蟆前面两只爪子趴在朱依仁的脑袋上，从身子到脚都在头皮内，用针刺都刺不死。旁人尝试把它拽出来，却让朱依仁痛不欲生，连医生都束手无策。

有个看门的老人见多识广，说：“这是蛊，用金簪刺它，它就会死。”

朱依仁照着老人的话去做，果然奏效，这才从头皮里取出了蛤蟆。

这件事情发生后，朱依仁平安无碍，就是顶骨下陷，凹陷的地方像个酒盅。

名

秤掀蛇

出处

清代朱翊清《埋忧集》卷四《秤掀蛇》

怪物篇

第〇七八号

传说有一种蛇叫秤掀蛇，人如果被它叫了名字，一定会死掉。

清代文学家朱翊清十六岁的时候，一天和弟弟一起从亲戚家探病回来。走到大悲桥的时候，忽然听到身后传来一声响，回过头去看到一条蛇，它全身的斑点如同秤杆上的星点一般，离地四五尺，昂着头，飞快射过来，行动如风。

朱翊清和弟弟吓得魂飞魄散，狂奔到一处荒坟，再回头，蛇不见了。回到家中，询问母亲，母亲说那是秤掀蛇。

后来过了不久，弟弟就生病夭亡了，才十二岁。

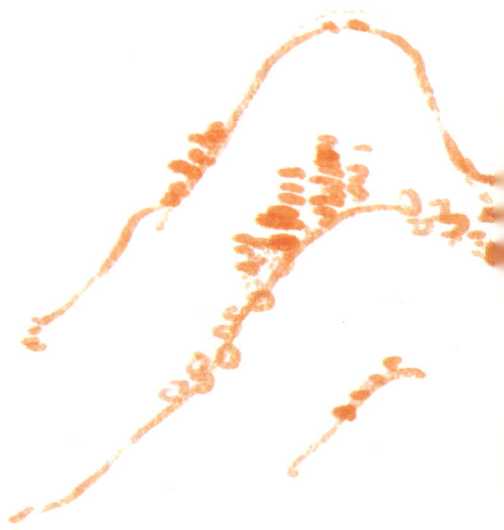

名

东昌山怪

出处

南北朝刘义庆《幽明录》卷一

怪物篇

第〇七九号

东昌县（今江西吉安）有座山，山里有种精怪，长得像人，高四五尺，全身赤裸，披头散发，头发长五六寸，住在高山岩石之间，声音喑哑，无法说出人话，却经常相互呼叫，隐没于幽昧之中。

有个樵夫在山中伐木，夜里看见这种精怪拿着石头袭击溪流中的虾和螃蟹，再偷偷跑到火堆旁边，烤熟虾蟹喂养幼崽。

樵夫突然出现，那帮精怪一哄而散，留下幼崽，叫声如同人哭一般。过了一会儿，那帮精怪蜂拥前来，用石头砸樵夫，夺走幼崽，消失了。

名

耳中人

出处

清代蒲松龄《聊斋志异》卷一《耳中人》

第〇八〇号

谭晋玄是县里的秀才，特别信奉道术，无论天气寒冷还是酷热，都修炼不停。他修炼了好几个月后，感觉自己似乎有了点收获。

一天，他正在打坐的时候，突然听到耳朵里面有人说话，那个声音就像苍蝇的嗡嗡声一样细微：“可以看了。”

谭晋玄赶紧睁眼，结果就听不到了，而再闭上眼又能听到，和刚才一样。他以为是腹中的内丹就要修炼成了，心中暗暗高兴。

从此之后，每次打坐都能听到那个声音。因此，他决定再听到的时候，一定要搞清楚到底是怎么回事。

一天，耳朵里面的东西又说话了，他就轻轻地回答说：“可以看了。”

一会儿工夫，就感觉耳朵里面痒痒的，像有东西要钻出来。他稍微斜着眼睛看了一下，是一个三寸高的小人，容貌狰狞，就像夜叉鬼一样，顷刻之后就转移到地上去了。

他心中暗暗吃惊，屏气凝神观察那个东西的动静。

这时，邻居来借东西，一边敲门一边叫他的名字。小人听到后，样子很慌张，绕屋子瞎转，就像老鼠找不到洞一样。

谭晋玄被吓得魂飞魄散，也不知道小人到什么地方去了。从此，他得了疯病，叫喊不停，请医吃药休养了半年，身体才渐渐康复。

名

风生兽

出处

汉代东方朔《海内十洲记》
汉代杨孚《异物志》
晋代葛洪《抱朴子·内篇》仙药卷十一
唐代段成式《酉阳杂俎·前集》卷十五《诺皋记下》等

第〇八一号

风生兽，也叫风狸。

南海有个炎洲，幅员两千里，距离大陆九万里。洲上有一种怪兽叫风生兽，长得如同豹子，青色，大如狸猫。如果用网抓住它，放火烧，即便柴火烧完了，它也不会死，站在灰烬里面，连毛都不焦；用针刺，也刺不进去。但如果用铁锤砸它的脑袋，砸十下，它就死了。不过，只要它张嘴对着风，很快就能活过来。

要想彻底弄死它，只有一个办法，就是用石头上长的菖蒲塞住它的鼻子。

取它的脑子和菊花一起吞服，连续吃十年，可以活五百岁。

名

乖龙

出处

宋代黄休复《茅亭客话》卷五《避雷》
明代王象晋《二如亭群芳谱》

第〇八二号

乖龙是一种行雨的龙，因为觉得行雨太辛苦，就会藏到人的身体里或者古木、梁柱里面，不过经常会被雷神捉拿。

如果在野外没有地方藏，乖龙就会钻进牛角里或者牧童的身体里。因为受到乖龙的连累，很多人会被雷神失误击杀。

传说，上天责罚乖龙时，一定会割掉它的耳朵。乖龙的耳朵掉在地上，会变成李子。如果有妇人吃了这种李子，就会怀孕，生下小龙。

名

虹怪

出处

南北朝刘敬叔《异苑》卷一
唐代张读《宣室志》卷九《虹蜺天使》
五代徐铉《稽神录》卷四《润州气》
宋代李昉《太平广记》卷第三百九十六《雨·虹·陈济妻》(引《神异录》)等

东晋义熙初年，晋陵（今江苏常州）有个叫薛愿的人，有一次一道彩虹伸到他家的缸里饮水，发出一阵吸水的声音，随即就把水吸干了。薛愿又拿来酒倒进里面，结果也是边倒边被吸干。

彩虹喝饱了水，还吐出黄金装满了缸。于是薛愿变成了富豪。

南朝宋时，长沙王刘道怜的儿子刘义庆在广陵生了病，卧床休息，正在喝粥时，忽然有一道白虹进入屋内，吃光了他的粥。刘义庆把碗扔在地上，发出“当”的一声响，虹怪被惊吓到了，发出风雨之声，消失不见了。

唐代时，韦皋在四川出任节度使。有一天，他在西亭宴请客人，忽然下起了暴雨，不一会儿，有彩虹当空而下，一头落在酒桌上，将上面的酒菜吃得干干净净。虹怪的脑袋像驴，颜色五彩斑斓。

韦皋很害怕，赶紧结束了宴会。

少尹豆卢署对他说：“虹蜺这种东西出现在不正直的人面前，就会有坏事发生；如果出现在公正的人面前，那就会有好事来了。我提前向你祝贺。”

过了一段时间，朝廷传来消息，韦皋当上了中书令，升职了。

宋代时，润州（今河北秦皇岛）出现了一道彩虹，五彩夺目。虹怪的前头像一头驴，几十丈长。它环绕着官府的厅堂而行，绕了三圈之后才消失。

占卜的人说：“这厅中将要出现哭声，但不是州府的灾祸。”

过了不久，太后死了，在这座厅堂中发了丧。

庐陵巴丘（今湖南岳阳）有个人叫陈济，是州里的小吏。

陈济的妻子秦氏在家时，有个男人追求她，他长得高大端正，着绛碧袍，衫色炫耀。秦氏和这个男人经常在一个山涧中相会。过了一年多，村里人看他们所到的地方，总是有彩虹出现。

有一次，秦氏来到水边，那男人拿出一个金瓶取水给秦氏喝，秦氏就有了身孕。不久之后，秦氏生下了一个婴孩，这婴孩和寻常的婴孩一样，就是长得挺胖。

后来，陈济从州里回家，秦氏怕他看见孩子，就把孩子藏在室内盆中。和秦氏私通的那个男人说："这孩子太小，不能跟我一起走，得养大一些才好。"说完，男子给孩子穿上衣服，将其装进一个大红色的口袋中。

秦氏偷偷给孩子喂奶，喂奶时，总是要起风雨，邻人看见有彩虹从天上垂落到她家院子里。

过了一段时间，孩子长大了，那男人又来了，便把孩子带走了。有人看见有两条彩虹从秦氏家里出来。数年以后，孩子还回了一次家，探望秦氏。

再后来，有一次秦氏到田地里去，见两条彩虹在山涧之中，很是奇怪，害怕不已。不一会儿，看见那男人出现了，说："你别怕，是我。"从此以后，那男人就再也没有出现。

还有古代传说，曾经有对夫妻，饥荒之年只能采摘野菜充饥，后来还是饿死了，变成青色的虹蜺，俗称"美人虹"。

名

井泉童子

出处

清代俞樾《右台仙馆笔记》卷九

清代袁枚《子不语》卷十七《井泉童子》

清代，苏州有个孝廉叫缪涣。他的儿子喜官十二岁，十分顽皮，有一次和一帮小孩对着井口撒尿，当天晚上就生了病，大喊大叫，说自己被井泉童子抓去，被城隍神打了二十大板。

天亮后家里人查看，发现他的屁股又青又紫，刚好一点儿，过了三天又严重了，喜官大叫："井泉童子嫌城隍神罚得太轻，到司路神那里告状，司路神说：'这个小孩竟然敢朝大家喝水的井里面撒尿，罪过严重，应该取了他的性命！'"当天晚上，喜官就死了。

也是在清代，在杭州紫阳山，有个妇女林氏早晨起来到井边打水，忽然觉得水桶十分沉重，提不上来，低头一看，发现井里面有个红色身体的小孩，两尺多高，双手抓着绳子，想要顺着绳子爬上来。

林氏大惊，跑回来告诉家人。家人去看，并没有发现小孩。

林氏很快生了病，躺在床上起不来，小孩在她身体里喃喃自语："我是井泉童子，你刚才为什么要偷看我？"

自此之后，家中出了很多怪事，东西经常被这小孩毁坏。

林氏有个邻居姓秦，是个书生，听闻这件事，对林氏的丈夫说：“太过分了，我给你写个状子去向关二爷告状！你买好香烛，拿状子去吴山关帝庙前烧了。”林氏的丈夫按照书生的话去办了。

过了几天，林氏忽然下床，跪倒在地，说：“关二爷要杀我，赶紧去求秦书生给关二爷写封信求情，只要如此，我立刻离开林氏的身体。”

林氏的丈夫和秦书生商量，秦书生说：“既然称自己是井泉童子，却毫无缘故就干坏事，就应该受责罚！”

过了不久，林氏的病就好了。书生为此专门写了一篇文章，答谢关二爷。

名

蛟

出处

晋代陶潜《续搜神记》卷七《蛟子》

晋代王嘉《拾遗记》卷六《前汉下》

五代孙光宪《北梦琐言》逸文卷第四《伐蛟》

宋代李昉等《太平广记》卷第四百二十五《龙八·汉武白蛟》

清代乐钧《耳食录二编》卷三《蛟》

第〇八五号

蛟是水中之怪，古人认为蛟属龙种，经常随大水而出没。

长沙有一户人家住在江边。一天，家里的一个女子到江边洗衣服，忽然觉得身子里有异样的感觉，后来就怀了孕，生下三个东西，都像鳡鱼。即便如此，因为是自己生的，她还是特别怜爱它们，把它们放到澡盆里养着。

过了三个月，三个东西长大了，原来是蛟的孩子。女子给它们取了名字，老大叫“当洪”，老二叫“破阻”，老三叫“扑岸”。不久，天降暴雨，三个蛟子顺水而走，不知所往。

后来，每到天降大雨的时候，三个蛟子就会回来看望母亲。每次下大雨之前，女子也知道蛟子会回来探望自己，便提早站在水边看，三个蛟子也会在水中抬起头看母亲，恋恋不舍，很久才离去。

过了几年，这个女子死了。埋葬的时候，人们听到三个蛟子在墓地里放声哭泣，哭声如同狗嗥，很是伤心，哭了一整天才离去。

传说，汉武帝经常在九月的时候坐一只小船在淋池上游玩，通宵达旦。

有一次，他在季台之下，用香金做成钓鱼的钩，拴上钓丝，用船上带来的鲤鱼为饵，钓上来一条三丈长的白蛟。白蛟像大蛇，但是没有鳞甲。汉武帝把白蛟交给厨师，制成了佳肴。

根据记载，那条白蛟的肉是紫青色的，又香又脆，鲜美无比。

江夏（今湖北武汉）有个人叫陆社儿，平常在江边种稻。有一天夜里归来，路遇一个女子。那女子很有几分姿色，她对陆社儿说：“我昨天从县里来，今天要回浦里，想到你家借住一宿。”她说话时神色忧伤，令人心生怜悯，所以陆社儿就把她带回了家。

半夜，暴风急雨袭来，电闪雷鸣。那个女子十分害怕，瑟瑟发抖，忽然惊雷大震，有什么东西打开了陆社儿的寝室门。

趁着电光，陆社儿看见一只毛茸茸的大手将那女子捉拿而去。陆社儿被吓得倒地昏死过去，好长时间才醒过来。

等到天明，有渡江来的乡里人说，村北九里的地方，有一条大蛟龙掉了脑袋，身体有一百多丈长，血流满地，看来死前十分痛苦，被它盘绕的庄稼地有好几亩。它死了之后，成千上万的鸟雀在啄食。

清代，乾隆四十八年（1783 年）二月，江西金溪北郊的大山崩塌，乃是蛟龙所为。那天下起了大雨和大冰雹，狂风雷霆交加，山下的村庄几乎化成废墟，不少村民被淹死了。郡中一直多蛟。有一年，这个地方出现过九条蛟龙，人们在它们出现的地方，发现了九个巨大的蛟穴。

有一年夏天，雨水特别多，水都快要没过陈坊桥的桥面了。有个老头扛着锄头从桥上走，看到两条黄色巨蛟，一前一后在水中游走。老农赶紧用锄头猛力击打，打死了其中的一条，捞起来放在了桥上。

周围的人听说了，都来围观，看见从上游又漂来一团大如芦席的浪沫，离桥数丈远，徘徊不前。这种东西相传是蛟在水中行动时用来遮掩自己行踪的，于是大家吓得都跑开了。浪沫奔涌而下，如同山崩，掀起的巨浪有一丈多高，但并没有将桥梁冲毁，也没有伤到村民。像这一类的蛟，是不会制造灾害的。

据当地的老人说，许多年前，主管工程水利的官员会选拔屠蛟勇士，教他们杀蛟的方法，因为年月久远，这种方法已经失传了。不过侦查、发现蛟的方法，现在还有：在下大雪的时候，从高处向四面的山观望，没有积雪的地方，其下面就是蛟的巢穴。

《太平广记》中记载，《月令》里说“季秋伐蛟取鼍”，以明蛟可伐而龙不可触也。意思就是九月杀蛟捕鳄，以说明蛟可以杀伐而龙不可触动。

蛟这种东西，不知道真实的它是什么样子的。有的人说蛟没有鳞、鬣和四条腿，有的人说虬、螟、蛟、蝹的样子其实和蛇差不多。南方有和尚说，蛟的样子像蚂蟥，就是水蛭，一身涎沫又腥又黏，会用尾巴缠住人吸血。四川人说它的头像猫和老鼠，上面有一个白点儿。听说，汉州（今四川广汉）古城潭内有一条蛟经常害人，乡里便招募勇士除掉它。那人身上涂了药，潜到潭底，把蛟逼到沙滩上。乡里人跑上前去相助，齐心协力将这条蛟打死了。

名

菌人

出处

战国《山海经》卷十五《大荒南经》

唐代段公路《北户录》卷一《蛱蝶枝》

清代朱翊清《埋忧集》卷八《树中人》

第〇八六号

在大荒当中有座山叫盖犹山，山上长有甘柤树，枝条和茎干都是红色的，叶子是黄色的，花朵是白色的，果实是黑色的。这座山的东端还长有甘华树，枝条和茎干都是红色的，叶子是黄色的。山上有一种十分矮小的人，名叫菌人。传说菌人数量稀少，早上出生，傍晚就死了。他们生活的地方有银山，银山上有树，树上能结出小人，日出就能行走了。

传说大食国西临大海，大海的西岸有一块大石，石头上长了一棵树，树干是红色的，叶子是青色的。这棵大树也能结出小人，高六七寸，看到人就笑，若是从树上把它摘下来，小人就死了。

清代康熙年间，顺德有个村民到德庆山里砍柴，忽然听到头顶上有小孩啼哭。

村民昂起头，看见大树上有一缕缕的气息冒出，鸟从上面飞过去，碰到这股气息，立刻坠下。

他爬上去查看，发现树干里面有小人，长得如同凝脂，问它它也不说话，抚摸它它就笑。

村民的一个同伴说："这恐怕不是什么坏东西。"

两个人就将小人蒸着吃了，吃完之后，觉得身体极为燥热，就到溪中洗澡，结果皮肉溃烂而死。

名

雷公

出处

唐代戴孚《广异记·雷公》

清代袁枚《子不语》卷一《雷公被绐》

第〇八七号

古人认为，雷霆威力巨大，其中隐藏着妖怪，称之为雷公，后来将其升格为神灵。此处的雷公，便是取妖怪之说。

唐代开元末年，在雷州发生了雷公与鲸格斗的事。

鲸跃出水面，雷公则有好几十个，在空中上下翻腾。有的施放雷火，有的边骂边打，战斗经过七天才结束。在海边的居民前去观看，不知它们谁取得了胜利，只是看到海水都变成了红色。

唐代时，代州（今山西忻州代县）西面十多里处有一棵大槐树，被雷所击，中间裂开好几丈长的口子，雷公被夹于其间，疼得它吼出阵阵雷声。

当时狄仁杰任都督，带着宾客和随从前去观看。快要到达那地方时，众人都纷纷惊退，没有敢向前走的。

狄仁杰独自骑马前行，靠近大树后，问雷公这是怎么回事，雷公回答说："树里有条孽龙，上司让我把它赶走。但我击下雷的位置不佳，自己被树夹住了，如果能够将我救出，我一定会重重地报答你的恩德。"

狄仁杰让木匠把树锯开，雷公才得以解脱。从此之后，凡有吉凶祸福之事，雷公都会预先告知狄仁杰。

也是在唐代，信州（今江西上饶）有个人叫叶迁韶。他小时候上山砍柴，在大树下避雨，那棵树被雷劈中，雷公也被树夹住，飞不起来。叶迁韶取来石头，支开树杈，雷公才飞走。

走之前，雷公对他说："明天你再来这里。"

第二天，叶迁韶来到树下，雷公也到了，给了叶迁韶一卷写满篆字的书，告诉他："你按照上面写的修炼，就能够呼风唤雨，而且能够给乡亲们治病。我有兄弟五人，若是打雷下雨，你叫雷大、雷二、雷三、雷四，都会答应。不过雷五脾气暴躁，没有大事，不要叫他。”

从此之后，叶迁韶修习那卷书，果然能够呼风唤雨，十分灵验。

有一天，叶迁韶在吉州（今江西吉安）喝醉了，闯下祸，太守把他抓住，要惩罚他。叶迁韶在院子里大声喊雷五的名字，让他来帮忙。

当时，吉州这地方正闹旱灾，好几个月没有下雨。叶迁韶喊了雷五之后，忽然天降霹雳，风雷大作。太守见了，赶紧出来赔不是，并请叶迁韶帮忙求雨。叶迁韶呼唤雷五，当天晚上天降甘霖，缓解了旱情。

有一次，叶迁韶路过滑州（今河南滑县）时，当地下了很长时间的雨，导致黄河泛滥，官员和民众为了对付洪水，废寝忘食，疲惫不堪，都十分苦恼。叶迁韶见了，不忍心，便拿来一根长二尺的铁杆，立在河边，在上面贴了一个符咒。结果，洪水来到铁杆跟前，便转向了，也不敢超出那符咒半分。

叶迁韶如此的能耐，都是拜雷公所赐。

明代末年，到处都在闹土匪。在南丰（今江西抚州南丰县）这个地方，土匪鱼肉乡里，百姓深以为苦。

有个姓赵的人，出身当地的豪族，十分勇敢，带领乡亲们抵挡土匪，后击溃土匪，并且上报官府。

土匪大动干戈却没有抢到东西，十分痛恨赵某。但是赵某这个人勇力非凡，土匪不敢找他与之单打独斗，所以每到打雷的时候，土匪就摆好祭案，供上猪蹄，祷告说：“把那个姓赵的给劈死吧！”

有一天，赵某在花园里施肥，看到有个全身长毛的尖嘴妖怪从天而降，轰隆一声巨响，散发出浓烈的硫黄味。

赵某知道这妖怪是雷公，打听一番，得知自己被土匪诅咒了，便拿起手里的尿壶砸向雷公，骂道：“雷公！雷公！我活了五十多岁，从来没见过你去劈老虎，光看见你劈百姓家的耕牛！你是典型的欺软怕硬，怎么能这样呢？你要是能说清楚，就算是劈死我，我也不冤枉！”

雷公被赵某说得惭愧无比，虽然愤怒，但也无可奈何；又因为被尿壶砸中，无法飞回天上，就掉到了田里面，鬼哭狼嚎了三天三夜。

那帮土匪听说了这件事，都说：“哎呀呀，是我们连累了雷公。”

土匪赶紧为雷公超度，它才飞走。

名

甪端

出处

南北朝沈约《宋书》卷二十九《符瑞下》

元代陶宗仪《南村辍耕录》卷五《甪端》

清代王士祯《陇蜀馀闻》

第〇八八号

角端是传说中的一种怪兽，角在鼻上，出自瓦屋山，不伤人，以虎豹为食，能够日行一万八千里，通晓各种语言，知道各种事情。

元太祖率兵至印度的时候，见到一只高几十丈的巨兽，长着一个如同犀牛角一样的角，对元太祖说："这里不是你的地盘，还请速速离开。"

元太祖的臣下都很惶恐，只有耶律楚材知道这只怪兽的底细，禀告元太祖说："这只怪兽名为角端，乃是鹿星之精，如果明君在位，就会奉书而来，能日行一万八千里，灵异如鬼神，不可侵犯。"

元太祖听了，赶紧撤军。

元代至正年间，江浙乡试的时候，八月二十二日的夜晚，贡院里有一物疾驰而过，长角，所以当年的考试就以"角端"为试题。

名

马皮婆

出处

宋代郭彖《睽车志》卷四《马皮婆》

第〇八九号

传说，峡江的江水里有一种怪物，脑袋长得像狻猊却没有脚，脖子以下又扁又宽，如同一匹白布，流出的黏涎仿佛胶水一般，尤其喜欢吃马。当地人称之为马皮婆。

如果它发现有人在江里给马洗澡，就会趁人不注意，用尾巴缠住马，拽入水中。

如果把马拴在岸上，这东西同样会甩出尾巴缠住马，因为它的黏液黏性强，马一旦粘上这种黏液就无法动弹了，这时候这东西就会把马抓住，然后把马杀掉。

名

獏獡

出处

汉代东方朔《神异经·西荒经·獏獡》

第〇九〇号

传说在西荒之中，有一种名为獏猲的妖怪，高低、胖瘦和人一模一样，穿着破旧的衣裳，匍匐于昏暗之中、隐蔽之处。它长着一双老虎的爪子，舌头伸出来盘在地上能有一丈多长。

獏猲是一种吃人的妖怪，会耐心地等待行人，从中寻找形单影只的下手，吃掉行人的脑子。在动手之前，它会发出巨大的声响。

对付这种妖怪是有方法的。行走在暗夜中的孤独旅人，听到身后传出巨大声响并看到獏猲时，可以想办法将烧到炙热的石头放到它的舌头上，这样獏猲就会气绝而死。

名

木客

出处

宋代李昉等《太平广记》卷第三百二十四《鬼九·山都》（引《南康记》）

第〇九一号

木客是传说中山里的妖怪，它们的形貌和说话声与人很相似，只是四肢的爪子像钩子。木客在悬崖峻岭上住，也能砍下木柴，用绳索绑在树上，家就安在树顶。

有人想买它们的木柴，就会把要给木客的物品放在树下。如果木客觉得满意，就把木柴给人。它们从不多拿，也不会侵犯人，但始终不跟人见面，也不到街上和人做交易。

木客死后也是装进棺木埋葬，曾有人看见过木客的殡葬仪式，也是用酒、鱼和生肉招待宾客。它们葬棺的坟常常选在高岸的树枝上，或者把棺木放在石洞里。

南康当地人说，曾亲眼看见木客的葬礼，听它们在葬礼上唱歌，虽然不同于人类，但听起来像风吹过树林的声音，好像是唱歌和音乐演奏融合在一起了。

名

南海大鱼

出处

唐代戴孚《广异记·南海大鱼》

宋代洪迈《夷坚志·夷坚甲志》卷第七《海大鱼》

第〇九二号

唐代岭南节度使何履光是朱崖（今海南海口）人，住的地方靠近大海。据何履光说，他遇到过一件特别奇特的事：海中有两座山，相距六七百里，晴朗的早晨远远地望去，两座山上一片青翠，好像就在眼前。唐玄宗开元末年，海上出现了大雷雨，雨中有泥，样子像吹出的泡沫，天地晦暗，持续了七天。

有个从山边来的人说，有条大鱼顺着水流进入海中两座大山之间，被夹住了，不能进退，时间一长，鱼鳃挂在一座山崖上，七天以后，山崖裂了，鱼才得以离开。雷声就是鱼的叫声，雨泥是鱼口中吹出的水沫，天地晦暗是鱼吐出的水汽造成的。

宋代，漳州漳浦县，海边有个敦照盐场。盐场中有个叫陈敏的人，曾经从渔民手里买过一条鱼，长两丈多，重几千斤，剖开它的肚子，里面有个人，应该是刚刚被吞下的。绍兴十八年（1148 年），有一条大鱼进入海港，潮落之后搁浅在岸边，人们拿来长梯登上它的背，其背部就有一丈多宽。

那一年正闹饥荒，周围的百姓争相前来割鱼肉，割走了几百担，大鱼一直一动不动。第二天，大家割鱼眼的时候，大鱼才觉得疼，拼命挣扎，周围的船全部被它打翻了，所幸没有人员伤亡。老百姓一连割了十几天，才把它的肉割完。这些肉，救了不少人的性命，后来还有人用它的脊骨做米臼。

名

皮脸怪

出处

清代袁枚《子不语》卷一《赵大将军刺皮脸怪》

清代有个大将军叫赵良栋，平定吴三桂等三藩后，路过四川成都，当地官员为了迎接他，挑选了一处豪华的百姓住宅供其休息。可赵良栋不愿意打扰百姓，想住在城西的衙门里。

当地官员说：“万万不可，据我所知那个衙门已经关门上锁一百多年，传说里面有妖怪，属下不敢让您住进去呀。”

赵良栋说：“我一生杀人无数，即便是有妖怪，恐怕也会怕我。”

于是，他派人打扫那衙门，搬了进去，自己住进了正房，用长戟这种兵器当枕头。

半夜时，赵良栋听到床帐之外传来声响，只见一个穿着白色衣服、身材巨大、挺着大肚子的怪物走了过来。赵良栋爬起来，厉声训斥，那怪物后退数步，这时赵良栋才看清楚它的形貌：龇牙咧嘴，生有四只眼睛。

赵良栋抓起长戟刺向它，那怪物急忙躲在房梁后面，再刺，怪物窜入夹道里，消失不见了。赵良栋转身回房，觉得身后有东西跟着，一回头，发现那怪物笑着跟在自己后面。

赵良栋十分生气，骂道：“世上哪有这么不要脸的东西！”

手下的家丁听到声响，纷纷拿着兵器前来帮忙。那怪物跑进一个空房间里，屋内顿时飞沙走石。随后又来到中堂，昂首挺立，家丁吓得没人敢上前。

赵良栋大怒，上前一戟刺中怪物的肚子，哪知怪物的身体和脸都不见了，只有两只闪闪发光的眼睛留在了墙壁上，大如铜盘。家丁拿起刀砍，那两只眼睛化为满屋的火星，最后也消失了。

第二天，满城的人听说这件事，都为之惊讶。

名

太岁

出处

唐代戴孚《广异记·晁良贞》

金代元好问《续夷坚志》卷一《土禁二》

第〇九四号

中国人有句俗语，叫“太岁头上动土”，比喻那些不知深浅、胆大妄为的人。太岁的厉害，可见一斑。

唐代时，名臣晁良贞以善于判案而知名。他性情刚烈勇猛，不怕鬼。

有一年，他家建屋子的时候，从地下挖到一块肉，很大。晁良贞知道它是太岁，乃是不祥之物，就打了它几百鞭子，然后把它丢在大路上。

那天夜里，晁良贞派人去偷听。三更之后，有很多乘车骑马的人来到路上，笑着问：“太岁兄一向厉害，为什么今天受到这样的屈辱？你难道不想报仇吗？”

太岁说：“没办法呀！晁良贞这家伙是个狠人，而且正春风得意，我拿他也没办法呀。”

天亮的时候，那块肉就不见了。

也是在唐代，上元年间，有一家姓李的，挖地挖出来一块肉，大家都说是太岁。

民间传说，得到太岁，打它几百鞭子，就能免除祸患。李氏打了它九十多鞭子，太岁忽然腾空而起，不知跑哪儿去了。自那以后，李氏家里七十二口人，差不多都死光了，只剩一个小儿子，因为藏了起来，才侥幸留了一命。

宁州（今甘肃宁夏）有一个人，也挖到了太岁，大小像写字的方板，样子像赤菌，长着几千只眼睛。他不认识这玩意儿，就带到大路上，向路过的人询问。有一位胡僧听说了，吃惊地对他说：“那是太岁，应该赶快埋起来！”那人急忙把太岁送回原处，可一年之后，这家人几乎死光了。

宋代时，怀州（今河南焦作、济源所辖地域，州府在今河南沁阳）有个人带着仆人挖地，挖到了一个大肉块，有三四升大，用刀割，跟羊肉一样。仆人说：“土中肉块，那是太岁，挖出来会招来灾祸的！”这人说：“我不知道什么狗屁太岁！”又继续挖，挖到了两块。不到半年，这人就家破人亡，连家里的牛马都死光了。

许州（今河南许昌）有个人叫何信叔，曾经中过进士。崇庆年间，何信叔的父亲过世，按照惯例，他丁忧在家。奇怪的是，家里庭院的地面经常在晚上放出光芒。

何信叔说：“地底下肯定埋着宝贝！”便带着家里的仆人往下挖。结果挖了一丈多深，得到了一个肉块，有盆那么大。家里人都很害怕，赶紧让他给埋了。

过了不久，何信叔得病身亡，妻子和家里的十几个人也都相继死了。有认识那肉块的人说：“那是太岁，因为何家即将有祸事发生，这才会放出光来。”

名

天狗

出处

战国《山海经》卷二《西山经·天狗》
汉代辛氏《三秦记》
汉代班固《汉书》卷二十六《天文志》
南北朝沈约《宋书》卷七十九《文五王》
宋代曾公亮和丁度《武经总要·后集》卷十七
明代郎瑛《七修类稿》卷四
明代王兆云《白醉琐言》卷上
明代谢肇淛《五杂组》卷一《天部一》
清代钱泳《履园丛话》丛话十六《精怪·天狗》
清代东轩主人《述异记》等

第〇九五号

天狗是中国较为出名的妖怪之一，又叫天犬，它的出现意味着天下将会有刀兵之灾。

《山海经》记载，天狗住在阴山，形状像野猫，却是白脑袋，发出的叫声与“榴榴”的发音相似，人饲养它可以辟凶邪之气。

古代典籍中，天狗不仅是怪兽，还有另一种形象，那就是流星。《汉书》记载，天狗状如大流星，长得如同狗，坠下来的时候，火光冲天，千里破军杀将。

传说天狗坠落的地方，会有伏尸流血。古代行军打仗的时候，军队上方有时会出现牛、马形状的黑气，逐渐融入军队中，人们称之为“天狗下食血”，如果出现这种情况，这支军队一定会败散。

陕西有个地方叫白鹿原，周平王的时候，有白鹿出现在原上，故此得名。

原上有个堡，叫狗枷堡。秦襄公时，有一只天狗来到堡里，凡是有流贼过来，天狗就会吠叫保护堡里民众的安全。

元代至正六年（1346 年），司天台向皇帝奏报：天狗坠地，从湖南、湖北开始一直到江浙一带，山东、河南、河北也有，只有广东、广西没有，声称将血食人间五千天。当时，云南玉案山忽然生出无数的红色小狗，群吠于野。有精通占卜之术的人说，天狗坠地，恐怕天下将大乱。

明代国子监祭酒、文渊阁大学士宋讷的墓在苏州沙河口，清代乾隆年间，坟墓不远处住着一个姓陆的老太太。有一天晚上，老太太看到一个长得像狗一样的怪物从空中跳下来，到河里捕鱼，一连几个月都是这样，不知道是怎么回事。后来，守墓的人看到墓前华表上少了一只天狗。过了几天，天狗又回来了，这才知道是它在作怪。守墓人打碎了华表，以后就再也没有生出怪事。

明代万历十六年（1588 年）九月中旬，天刚刚亮，西南方忽然有红色、白色的气息，形状像龙又像狗，上头触天，下头碰地。被这气息扫到脸的人，当即一头栽倒。过了很久，这气息才消散。当时人们翻阅《天官书》，得知是天狗。第二年，赤旱千里，老百姓只能采下榆树皮充饥，饿死了无数人，接着又闹起疫病，死者不可计数，有的人家甚至绝户了。

清代康熙年间，钱塘有个孙某，家里养着蚕。有一天，天没亮，孙家门还没开，邻居采摘桑叶从他门前过，看到他家屋脊上蹲着一个怪物，长得像狗，能够像人一样站立，头尖嘴长，上半身是红色，下半身是青色，尾巴如同彗星，有几尺长。

邻居赶紧叫孙某，孙某一开门，那东西就飞入云端，发出巨大的声响，如同霹雳一样，十里地内都能听到声响，然后向西南飞去，尾巴上火光迸溅，很久才熄灭。不久之后，吴三桂等三藩叛乱。

传说天狗不仅吃月亮，还会吃小孩，所以妇女、儿童很怕它。

名

玄鹿

出处

南北朝任昉《述异记》卷上
唐代张读《宣室志》卷八《唐玄宗》

传说千年的鹿称为苍鹿，再过五百年为白鹿，再过五百年则会变成玄鹿。

汉成帝的时候，中山国有人曾经抓住过一只玄鹿，煮了之后，发现它的骨头都是黑色的。

《仙方》这本书里写过，把玄鹿的肉做成脯，吃了可以活两千岁。余干县（今江西上饶西部）有白鹿，当地人说，那只鹿已经有一千年了，晋成帝派人将之捕获，发现白鹿的角后面有个铜牌，上面写着“元鼎二年，临江县献上苍鹿一头”。

唐代开元二十三年（735 年）秋，唐玄宗在长安近郊打猎，来到咸阳郊原的时候，发现有一只大鹿出现，十分雄健。唐玄宗命人开弓，一箭射中。

回宫之后，唐玄宗让人将鹿做成食物。当时张果老来，唐玄宗让人把鹿肉赐给张果老，张果老拜谢了唐玄宗，对唐玄宗说：“陛下，你知道这鹿的来头吗？”

唐玄宗自然不知道。张果老说：“这只鹿已经有千岁了。”

唐玄宗不信，说：“不过是一只鹿，怎么可能有千岁呢？”

张果老说：“汉代元狩五年的秋天，我跟随汉武帝在上林苑打猎，曾捕获这只鹿。当时汉武帝问我，我说这是仙鹿，有千年的寿命，赶紧放了吧。汉武帝信奉神仙，就按照我的意思将这只鹿放了。”

唐玄宗不信，说：“先生开玩笑的吧？汉武帝到现在，已经有八百年了，即便这鹿很长寿，可八百年中为什么没有人抓住它？”

张果老说：“当时，汉武帝在放这只鹿的时候，命令东方朔刻了一个铜牌，系在鹿的左角下，陛下若不信，可以派人去检验，这样就能证明我的话是真是假了。”

唐玄宗让高力士去检验，并没有发现铜牌。唐玄宗认为是张果老骗自己，说：“看来是先生你记错了，左角之下，根本没有铜牌。”

张果老说：“那我去找一找吧。”说完，他起身，让人拿来一把钳子，从鹿角里钳出了铜牌。

这铜牌二寸多长，大概因为年代久远，被毛皮遮盖了，所以不容易找到。上面锈迹斑斑，文字已经看不清楚了。

唐玄宗又问张果老：“汉代元狩五年，是哪一年？发生了什么事？先生能告诉我吗？”

张果老说：“那一年乃是癸亥年，汉武帝命人开凿昆明池，用来习练水军。”

唐玄宗命人查阅汉代历史，发现张果老说的一点儿没错。

这件事让唐玄宗大为惊奇，对高力士说：“张果老果然是仙人呀！”

名

屏风窥

出处

南北朝刘义庆《幽明录》卷三

第〇九七号

有个叫毕修的人，他的外祖母郭氏有一次夜晚独自睡在屋里，半夜醒来召唤外面服侍的婢女，但接连喊了几声，也不见婢女进来。

忽然，郭氏听见有很重的脚踏床板声，接着看见屏风后面出现一张大脸，在窥探自己。那张脸上有四只眼睛，獠牙突出。眼睛如同铜盆，发出的光芒照得屋子如同白昼。怪物的手大得像簸箕，手指有好几寸长。

郭氏一向修炼道术，这时心中专注地默念道经，那怪物就消失了。

不久，婢女进来说：“我刚才就想来服侍您，但感觉有个很重的东西压着我，根本起不来。”

名

夜游神

出处

清代李庆辰《醉茶志怪》卷四《夜游神》

第〇九八号

夜游神并不是神，而是传说中在野外游荡的莫名怪物。

清代，有个王某夜间外出，看见城墙的阴影下有个如同包裹一样的东西，走到跟前，发现是一只巨大的靴子，有三尺多长，旁边还有另一只。抬起头，发现有个几丈高的巨人，跷着二郎腿坐在屋檐上。

这时候，有个人提着灯笼走过来，到了巨人下面，巨人抬起脚，那人仿佛看不见一样，就过去了。

王某也想跟着过去，发现巨人的脚挡住了自己，僵持了一会儿，巨人才消失不见。王某回家后，过了几天就死掉了。

也是在清代，河北有个人正月里到朋友家赌钱，回来的时候已经三更了。

当时月色微明，这人走到城北的浮桥附近，看到有个巨人坐在屋上，几丈高，戴着纱帽，穿着大袍，很有气势。过了一会儿，那巨人就不见了，这人吓得够呛，不过回来之后，却没发生什么不幸的事。

名

云虫

出处

清代钮琇《觚剩》卷五《豫觚·云虫》

第〇九九号

清代，中州（河南的古称）的山岭间，有种怪物长得如同蜥蜴，每当天快下雨的时候，就会从石缝里钻出来，密密麻麻。它们来到高处，昂起头，张开嘴，呼出来的气息如同珠子，有的青色，有的白色，能涌出几丈高，还会逐渐变大，如同陶瓮，很快就能变化成密云。

山里的人都将这种怪物称为云虫。

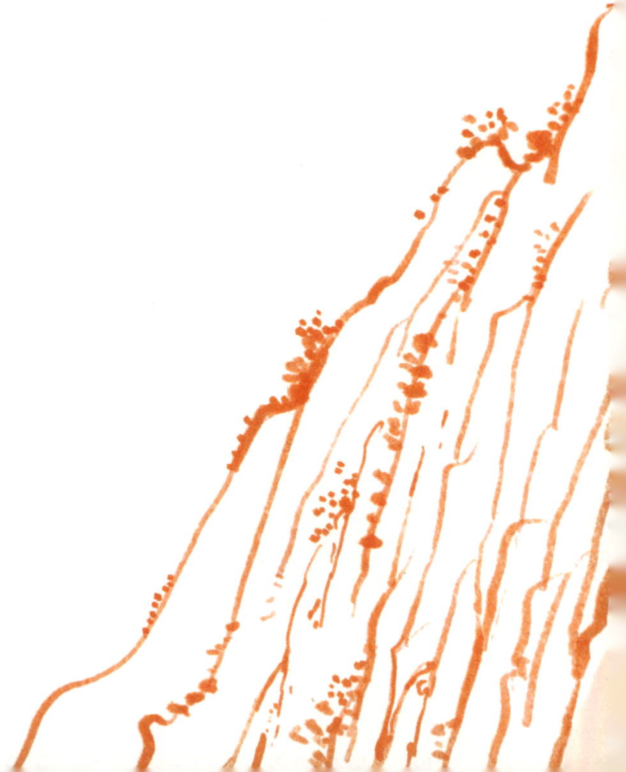

名

山臊

出处

汉代东方朔《神异经·西荒经·山臊》
南北朝祖冲之《述异记》

第一〇〇号

据说，在大地的西方，深山中有一种妖怪，高一尺多，以捕捉虾蟹为生。不怕人，喜欢靠近人的居所，晚上对着火烤虾蟹，看到人不在，就偷盗人家的盐。这种怪物叫山臊。

人们经常把竹子投入火中，火烧之后，会发出爆裂之声，山臊很害怕这种声音。但如果有人冒犯了山臊，它会让人生出忽冷忽热的病。

南朝宋元嘉年间，富阳（今浙江杭州富阳区）人王某在溪流里下蟹笼捉螃蟹，天亮去看，发现有根二尺多长的木头插在蟹笼中间，蟹笼已经裂开，螃蟹都跑了出去。王某把蟹笼修好，将木头扔到岸上。

王某第二天又去看，发现情形和第一天一模一样，就怀疑那根木头是妖怪。于是，王某就将这根木头系在扁担的一端，挑着回家，一边走一边说："回去用斧头劈开烧火。"

还没到家，王某就觉得背后有动静，转头一看，那木头变成了一个怪物，人面猴身，一手一足，对王某说："我喜欢吃螃蟹，昨天是我破坏了你的蟹笼，实在是不好意思。希望你能饶恕我，把我放了，从今以后，我一定帮助你，把大螃蟹都赶到你的蟹笼里。"

王某很生气，说："你干了坏事，就应该为此付出代价。"

那怪物连连乞求，王某就是不答应。

怪物说："你既然不放我，那能不能告诉我你的名字？"

屡屡相问，王某也不说。

到了家中，王某将怪物烧死，从此之后再也没有怪事发生。后来有人告诉王某，那怪物就是山臊，如果一个人将自己的名字告诉它，它就会把这个人害死。

参考文献

《白泽图》（敦煌残卷，法国国家图书馆藏）
战国《山海经》（中华书局，2011）
战国《周礼》（中华书局，2014）
汉代班固《汉书》（中华书局，2007）
汉代东方朔《海内十洲记》（上海古籍出版社，1990）
汉代东方朔《神异经》（见程荣辑刻《汉魏丛书》，吉林大学出版社，1992）
汉代辛氏《三秦记》（三秦出版社，2000）
汉代杨孚《异物志》（中华书局，1985）
晋代干宝《搜神记》（中华书局，2012）
晋代葛洪《抱朴子》（中华书局，2011）
晋代郭璞《玄中记》（见鲁迅校录《古小说钩沉》，齐鲁书社，1997）
晋代陶潜《续搜神记》（上海古籍出版社，2012）
晋代王嘉《拾遗记》（中华书局，2019）
晋代荀氏《灵鬼志》（中华书局，1985）
晋代张华《博物志》（上海古籍出版社，2012）
晋代祖台之《志怪》（见鲁迅校录《古小说钩沉》，齐鲁书社，1997）
南北朝范晔《后汉书》（中华书局，2007）
南北朝刘敬叔《异苑》（中华书局，1996）
南北朝刘义庆《幽明录》（文化艺术出版社，1988）
南北朝任昉《述异记》（中华书局，1991）
南北朝沈约《宋书》（中华书局，1974）
南北朝萧子开《建安记》（见王谟《汉唐地理书钞》，中华书局，1961）
南北朝吴均《续齐谐记》（上海古籍出版社，2012）
南北朝宗懔《荆楚岁时记》（山西人民出版社，1987）
南北朝祖冲之《述异记》（见鲁迅校录《古小说钩沉》，齐鲁书社，1997）
唐代戴孚《广异记》（中华书局，1992）
唐代丁用晦《芝田录》（见陶宗仪《说郛》，中国书店，1986）
唐代段成式《酉阳杂俎》（上海古籍出版社，2012）
唐代段公路《北户录》（中华书局，1985）
唐代冯贽《云仙杂记校注》（西南师范大学出版社，1990）

唐代刘恂《岭表录异》（广陵书社，2003）
唐代柳祥《潇湘录》（中华书局，1985）
唐代牛僧孺《玄怪录》（中华书局，1982）
唐代牛肃《纪闻辑校》（中华书局，2018）
唐代释道世《法苑珠林校注》（中华书局，2003）
唐代薛用弱《集异记》（中华书局，1980）
唐代余知古《渚宫旧事译注》（湖北人民出版社，1999）
唐代张读《宣室志》（上海古籍出版社，2012）
唐代张鷟《朝野佥载》（中华书局，1979）
唐代郑常《洽闻记》（见陶宗仪《说郛》，中国书店，1986）
唐代郑处海《明皇杂录》（中华书局，1994）
五代孙光宪《北梦琐言》（中华书局，2002）
五代王仁裕《玉堂闲话》（见傅璇琮编《五代史书汇编》，杭州出版社，2004）
五代徐铉《稽神录》（中华书局，1996）
宋代《采兰杂志》（见陶宗仪《说郛》，中国书店，1986）
宋代郭象《睽车志》（上海古籍出版社，2012）
宋代洪迈《夷坚志》（中华书局，2006）
宋代黄休复《茅亭客话》（上海古籍出版社，2012）
宋代李昉等《太平广记》（中华书局，1961）
宋代李昉等《太平御览》（河北教育出版社，1994）
宋代鲁应龙《闲窗括异志》（中华书局，1985）
宋代曾公亮等《武经总要》（商务印书馆，2017）
宋代周密《齐东野语》（中华书局，1983）
宋代周去非《岭外代答校注》（中华书局，1999）
金代元好问《续夷坚志》（中华书局，1986）
元代林坤《诚斋杂记》（见陶宗仪《说郛》，中国书店，1986）
元代陶宗仪《南村辍耕录》（上海古籍出版社，2012）
明代陈继儒《珍珠船》（中华书局，1985）
明代郎瑛《七修类稿》（上海书店出版社，2001）
明代李时珍《本草纲目》（人民卫生出版社，2005）

明代刘玉《巳疟编》（明刻本）
明代莫是龙《笔麈》（商务印书馆，1936）
明代王兆云《白醉琐言》（明刻本）
明代吴敬所《国色天香》（吉林文史出版社，2006）
明代谢肇淛《五杂组》（中国书店，2019）
明代徐应秋《玉芝堂谈荟》（上海古籍出版社，1993）
明代张岱《夜航船》（中华书局，2012）
清代长白浩歌子《萤窗异草》（人民文学出版社，2006）
清代褚人获《坚瓠集》（上海古籍出版社，2012）
清代东轩主人《述异记》（上海书店，1994）
清代董含《三冈识略》（辽宁教育出版社，2000）
清代和邦额《夜谭随录》（重庆出版社，2005）
清代纪昀《阅微草堂笔记》（中华书局，2014）
清代解鉴《益智录》（人民文学出版社，1999）
清代乐钧《耳食录》（齐鲁书社，2004）
清代李庆辰《醉茶志怪》（齐鲁书社，2004）
清代钮琇《觚剩》（重庆出版社，1999）
清代蒲松龄《聊斋志异》（中华书局，1962）
清代钱泳《履园丛话》（中华书局，1979）
清代沈起凤《谐铎》（重庆出版社，2005）
清代王士禛《陇蜀馀闻》（齐鲁书社，2007）
清代俞樾《右台仙馆笔记》（上海古籍出版社，1986）
清代袁枚《子不语》（浙江古籍出版社，2017）
清代朱翊清《埋忧集》（重庆出版社，2005）